私の生涯教育実践シリーズ'24

希望

―未来に活かす私の経験―

公益財団法人
北野生涯教育振興会［監修］
小松章／森山卓郎［編］

ぎょうせい

まえがき

二〇二四年元旦に起こった能登半島地震は、時を選ばぬ自然災害の脅威を、あらためて知るところとなりました。加えて、高齢化と過疎化が進む「地方」の深刻な社会状況が顕在化して、復興が遅々として進まない現状も気がかりです。

私たちの周りを見渡せば、地震のほかにも、異常気象、国内人口の先細り、東欧や中東における軍事衝突など、不安材料は尽きません。希望が持てる社会であってほしい、とは今や誰もが強く願うところでしょう。

（公財）北野生涯教育振興会が主催する公募論文の今年度のテーマは「希望―未来に活かす私の経験―」です。決まるべくして決まった感のあるテーマと言えるかもしれません。歴史や先人の教えに学びながら生きている私たちですが、時には自分自身の経験が、自分だけでなく他の人々の希望につながることも、きっとあるはずです。そんな期待を込めての論文公募でしたが、三五九編もの作品が寄せられました。例年に比べると応募数は少なめでしたが、ありがたいことに、自身の経験を「勇気」をもって語り綴っていただいた作品が多く、審査のしがいがありました。

本書には、その中から選ばれた入選作一九点が収められています。作品の一つ一つが、それぞれの執筆者の人生の一コマであり、様々な思いが込められています。本書を通じて、読者の皆様がご自身の希望や生きるヒントを見出していただけますなら、幸いです。

最後に、ご応募くださったすべての皆様に、あらためて御礼申し上げます。また、論文公募を含む生涯教育振興事業に携わっておられる財団の皆様、本書の編集と刊行にご協力いただいた㈱ぎょうせいの皆様にも、厚く御礼申し上げます。

令和六年八月

編者　小松　章

目　次

まえがき

序　章　未来の風景　―お一人様の覚悟―……小松　章　3

一　人生は双六　3／二　突然のできごと　4／三　物事は重なる　5／四　率直な思い　8／五　お一人様の増加　10／六　家族形態の変化　13／七　誰もがお一人様に　16／八　身軽になる　18

第一章　明るく前向きに

一歩踏み出すと世界は変わる　23
ひたむき　32
川の上から今日も思う　40
ストーマにも愛をこめて　49

第二章　日常から見出す

二本の氷柱に見た希望　61
新たな自分との出会い　69
前を向いて　78
私の形を変えた半導体　87
人生を面白く生きる秘訣　95

第三章　行動と内省から

一杯の珈琲から♪　*105*
一三歳という転機　*113*
いつか隣人の役に立てるなら　*122*
食べる喜び、「希望」への扉　*130*
温かい手に導かれて　*138*

第四章　善意の他者から

心の雨にビニル傘　*151*
『希望』の灯　*158*
モウチョットマテバ　*164*
一人じゃないよ　*175*

縁側に託す想い　183

終　章　希望とは何か……森山卓郎　193

1　「希望」とは？　193／
2　「願望」と「希望」はどう違うのか　195／
3　「希望」という字に隠されたものとは　198／
4　入選作から学ぶこと　199／
5　どんなに小さな「希望」でも　206

入賞論文執筆者一覧　211
あとがき　213
公益財団法人　北野生涯教育振興会　概要　216

序章　未来の風景

―お一人様の覚悟―

未来の風景
―お一人様の覚悟―

一橋大学名誉教授
小松　章

一　人生は双六

今回のテーマは、「希望―未来に活かす私の経験―」。私も、自身の直近の経験を綴らせていただくことにしよう。

今、私の目の前に広がるのは、空き家になってしまった実家の光景である。日本では、人口の高齢化によって、大都市・地方を問わず空き家が増え続け、全国総住宅戸数の十数パーセントを占めるという。事情は千差万別であろうが、これだけ多数であれば、中には、私と同じような立場に置かれた人も少なくないであろう。当事者になって初めて知る苦労。高齢社会の現実を背負いながら、解決への道を歩むしかない。人生はまさに双六のようなもの。サイコロの目に希望を託しながら、時に後戻りすることはあっても、いつか必ずゴールにたどり着くことを信じて進む、ひたすら前だけを見て。

二　突然のできごと

世の中がコロナ禍に見舞われていた一昨年晩秋のこと。実家に一人で暮らす弟が外出中にふらつきを起こし、救急車で脳外科病院に搬送された。診察の結果、脳には異常がないことが分かったものの、消化器系の病院へ行くように勧められ、出向いた紹介先の専門病院でのあらためての診断結果は、胃ガンであった。これまで、両親をはじめ、私の血縁にガンを患った人は皆無であったから、弟本人にとっても、私にとっても、信じがたい驚きであった。弟は入院し、私が面会した日に、担当医から、病状が進行していて手術は不可能であり、余命は三カ月から一年と告げられた。同席した私は、肉親としてかけるべき励まし・慰めの言葉が見つからず、覚悟を決めてもらうしかなかったが、さすがに本人は、運命をすぐには受け入れられない様子であった。

福祉関係者の支援を借りながら、先の方針を検討し始めた時、弟は帰宅を強く希望した。医師は、点滴治療の継続が必要であり一人では自己管理ができるか疑問だと賛成しなかったが、弟の意志は固かった。ここで弟の希望を叶えなければ、二度と自宅に戻れないことは明白であったから、希望を尊重することにした。が、自宅では点滴と導尿の制約からベッドが必要となり、設置スペースを作る必要が生じた。実家には、床の間付きの本格和室が三室、ほかにも和洋の部屋があり、広さは十分すぎるほどだったが、整理整頓に無頓着の弟は、どの部屋といわず家中を、大量の書籍やら資料やら身の回り品やら趣味の品やらで、足の踏み場もない状態にしてしまっていたのである。やむを得ず、日中を過ごしていた一階の和室を、家事代行業者に依頼して片付け、レンタルの電動ベッドを搬入した。看護・介護の問題は、二四時間の見守りは無理にしても、可能なかぎり訪問の回数と時間を増やしてもらう手筈を整えて、弟は一二月中旬、一カ月ぶりに帰宅を果たした。

三　物事は重なる

人生の双六のサイの目は、時に思いも寄らぬ方向へ導く。その直後のことである。私自身に体調の異変が生じた。弟のこともあり、妻の勧めで近くの病院へ行ったところ、症状を聞いた医師が、紹介状を書くから大学病院へ行くようにと、少々渋る私を説得した。訪れた大学病院では、年内の検査予約は埋まっているとのことであったが、早い方がよいという担当医の判断で、年末ぎりぎりに精密検査をすることになった。

実家の弟のところへは年内に行こうか年明けに行こうかと迷っていたところ、退院したはずの病院から電話が入り、弟が大量に嘔吐して再入院したとのことであった。弟には申しわけないが、年末年始に病院で面倒を見てもらえる状態になったことは、かえって安心材料であった。

年が明け、年末に受けた私自身の検査結果を聞きに大学病院へ出向くと、念のため再度検査がしたいということで、翌日また精密検査をすることになり、今度は責任者の教授が直々に検査に当たった。再検査を終えて自宅に戻ると、弟が再入院した病院から電話があり、病状が悪化したので来てほしいと、危篤を示唆する内容であった。急いで電車に乗って駆けつけたが、間に合わなかった。「まだ温かいですから、どうぞ手を握ってあげてください。自分も頑張るから、お兄さんも頑張るようにと、おっしゃっていました」と、看護師が最期の言葉を伝えてくれた。

弟は、私が結婚して実家を離れた後も、両親とずっと同居し、両親が年老いてからは一人で介護の労を背負ってくれた。そして、両親を見送った後は、実家でお一人様の暮らしを続けてきた。「ありがとう。一人でよく頑張ったね」と、まだ体温の残る弟の手を握りしめて、別れを告げた。ガンと分かってから、わずか二カ月後の永眠であった。

私自身の入院の可能性が濃厚であったから、弟の葬儀は急がなければならなかった。新年であることに加えて、コロナ禍の最中。やや遠方ではあるが、最短で一週間後に予約できた別の市の火葬場を選び、葬儀は私と妻だけが出席する最小の家族葬とし、両親がお世話になったお寺さんに弔っていただいた。

弟は私の体調を気にかけながらも詳細を知らぬまま逝ってしまったが、再検査の結果と病名は、葬儀の前日に判明していた。もし、弟が胃ガンで入院しなかったら、私自身、病院へ行くことをためらっていたに違いないことを思うと、弟に感謝し、頑張って弟の分も生きなければ、という思いに駆られた。

月が変わり、相続関係の手続きを残したまま、私は大学病院に入院し、手術を受けた。順調なら一週間で退院できる予定であったが、結果として、月の過半を超える長い入院生活となった。病棟の朝は早い。イヤフォンで聞くラジオ体操の歌「新しい朝が来た。希望の朝だ。」に元気をもらい、黙々とリハビリに励む患者仲間たちからもパワーをもらった。入院経験から得たものは、じつに多い。何往復もしてくれた妻やラインで応援してくれた子どもたち孫たちのありがたみ。医師、看護師、介護士たちの献身的な働きぶり。病棟の看護・介護スタッフの多くは女性であり、女性なくして大学病院の病棟は回らない現実も知った。

「なぜ自分が」と、つい思いがちだが、世の中には病気で苦しむ人の何と多いことだろうか。

四　率直な思い

退院後の私は、実家の相続と室内の片付けに追われることになった。実家を離れてから四〇年以上にもなる。両親が健在だったころは、時々、孫の顔を見せに帰っていたが、両親が亡くなり、弟が一人暮らしになってからは、次第に足が遠のいていた実家である。何がどこにあるのか、皆目、見当がつかない。ましてや、使いかけだったのか、保管のつもりだったのか、弟が手当たり次第に積み上げた種々雑多な物品が、床の間、座机の上、テーブルの上、タンスの上、畳や床の上を埋め尽くしていて、唖然とするばかり。ただ、唯一救いだったのは、金融機関の通帳、不動産関係の書類、保険の契約書、光熱水料の引き落とし先などが一カ所に整理・保管されて、最後は私に分かるようにしておいてくれたことだ。私が退院後、定期的に通院を続けながらも、法的に定められた相続税の申告や不動産登記などの煩雑な諸手続きを、支障なく進めることができたのは、そのおかげでもある。もし、そうでなかったら、と考えるとゾッとする。しかし、感謝はそこまで。家の中の整理は、想像以上に「時間」と「費用」と「労力」を要することになった。

それにしても、と重ねて思う。もし私が先に逝って弟がお一人様を続けていたらどうなっていただろうか、と。病気が判明した時にはもはや手遅れだった弟。一歩手前で病気が判明して命拾いをした私。兄弟二人の明暗は紙一重だったのだ。逆の場合だってありえた。じつは、私も弟も、大正生まれの両親が比較的長寿に恵まれ、認知症を患うこともなく人生を全うしたことから、てっきり自分たちも同じ人生を歩めるのだろうと、勝手に思い込んでいた。「いい遺伝子をもらった」などと、会話を交わしたことがあるくらいだ。思い込みが打ち砕かれた今、先に逝った弟には酷な言い方になるが、これでよかったのかもしれないと、私は人生双六のサイの目を前向きに受け止めている。もし逆であったなら、残った弟は、まったくの単身、家族のいないお一人様となって、頼るべき身寄りは私の妻と子どもたちだけとなる。本人にとっても、私の妻子にとっても、将来に容易ならざる困難が待ち受けていたことは想像に難くない。「ごめんな、これでよかったんだ。ありがとう」。実家の相続と後片付けの大変さを身をもって体験すると、率直にそう感じる。

五 お一人様の増加

近年、お一人様の増加が、社会現象として指摘されている。日本社会において、家族形態が大きく変化しているということであろう。

お一人様という言葉は、もともと飲食店などで一人客を指して使う表現であった。一人客なら「お一人様」もしくは「一名様」、二人連れなら「お二人様」もしくは「二名様」

という具合に、来客の人数をただ丁寧に表現するだけの用法であった。今でも「何名様ですか?」「一人。」「お一人様ですね」とは、飲食店などでごく普通に交わされる会話である。この無機質な数量的用語に息を吹き込んだのは、ジャーナリストの岩下久美子さんで、自立して生きる女性を応援する意味で用いた使い方が共感を呼び、メディアを通じて広まったという。しかし、この言葉は次第に独り歩きして、時代性、社会性を帯びるようになった。

今日、「お一人様」が意味する内容は、広く「独居者」すなわち一人住まい・一人暮らしの単身者である。もっとも、親の扶養で生活している学生などは、親元を離れて一人住まいをしていても、対象には含まれない。お一人様と呼ばれるのは、もっぱら「単身世帯」(一人世帯)をなす独居者なのである。具体的にどのような人々が当てはまるのかというと、伴侶のいない単身者、詳しく言えば、①婚期を過ぎた未婚の単身者、②伴侶と離婚した単身者、③伴侶と死別した単身者が、主に実体をなしている。昔ながらの言い方を借りるなら、「独り身」(①)および「やもめ」(②③)と表現される人々である。

これらの独居者が「お一人様」の新表現の下に取り上げられるようになったのは、近年その数が著しく増加しているという社会的背景があってのことであろう。

お一人様には、一面で、自由で気楽というイメージが伴う。どのような事情や理由でお一人様になったかは別として、なってしまった以上は、お一人様の生き方は、自身のライフスタイルの問題となる。お一人様に限らず、人間一人一人の生き方は、多様であり、それぞれのライフスタイルに委ねられる。親子間、夫婦間といえども、家庭内に煩わしさや衝突が生じることは少なくない。多くは、そうした煩わしさや衝突を何回か経験し乗り越えて、平穏で円満な家庭ができ上がっていくものなのだが、問題が発生している途上では、自由で気楽なお一人様への願望を抱きがちである。家庭に埋没しないお一人様の生き方が羨ましい、と無責任にあこがれる。たしかにお一人様の中には、自身の境遇を受け入れて、自由で気楽な生き方をライフスタイルとして築いている人も少なくないであろう。しかし、お一人様が自由で気楽に生きられるのは、健康と経済力に恵まれている状況が前提にあってのことである。健康と経済力に不安があれば、お一人様の特権である自由と気楽さは消失し、暮らしは厳しいものとなる。

お一人様が生まれる事情（婚期を過ぎての未婚、離婚、伴侶との死別）から分かるように、本人の立場からすれば、お一人様は、必ずしもみずからが望んだあり方、好き好んで進んだ道ではないはずである。お一人様には、他面で、寂しさ、侘しさというイメージも伴う。病気になった時の身の回りの世話、老後の介護、葬儀、死後の身の回り品や財産の処分などについての不安は、年を取れば誰しも漠然と感じるところではあるが、とりわけお一人様の不安は大きいに違いない。

六　家族形態の変化

お一人様の増加の背景には、日本社会における家族形態の大きな変化がある。前述したように、お一人様が意味するのは「単身世帯をなす独居者」である。つまり、お一人様は「個人」であると同時に「世帯」でもある。言い換えれば「お一人様」即「お一人様世帯」なのである。お一人様について語る時、「家族」の問題を抜きにすることはできない。

日本が近代化したのは明治期以降であるが、第二次世界大戦前の日本は、第一次産業が中心であった。自然を相手とする第一次産業中心の社会では、人々は、基本的に生まれた土地に定住し、親子孫三世代が同居する「大家族」を形成して、季節に合わせ労働集約的な作業を営んでいた。自然相手の労働は、家族内はもちろん親戚・近隣とも力を合わせ助け合う必要があるところから、血縁・地縁に基づく自然共同体が形成され、共同体を維持するために、伝統・因習・しきたりなどが重んじられ、社会規範として機能した。個人の冠婚葬祭すら、単なる個人や家族のレベルを超えて共同体のイベントという一面を持っていた、と言っても過言ではない。たとえば婚期を迎えた男女のいる家庭には、近隣の世話好きな年長者から縁談話が持ち込まれ、本人がその気になりさえすれば、見合いを経てゴールインという形が、ごく普通に見られた。私自身、戦後復興期に当たる生まれ故郷での幼少期の記憶をたぐってみると、氏神様の祭礼には、氏子である地域住民がこぞって参加し、近所で不幸が起これば隣近所が総出で手伝った。後にわが家は父の仕事の都合で東京へ転居したが、父の兄に当たる本家の伯父が亡くなった際には、田舎のお寺の本堂に総本家に至るまで親戚縁者が参集し、葬儀とは、単に故人の死を悼むだけでなく、遺された血縁が絆を確認する場にほかならないのだと、認識を新たにした。

そんな日本社会の様相も、急速な経済発展によって、一変する。工業化によって、労働人口は、農村・山村・漁村から都市部へ移動し、都市に集まった人々は、生まれ育った地域・自然共同体の伝統・因習・しきたりから解放され、互いに干渉しない無関心の関係性を「都会の自由」として謳歌し享受するようになった。

農村・山村・漁村に典型的な三世代同居の「大家族」とは異なって、都市部における家族の典型は、親子二世代または夫婦のみからなる「核家族」へ移行し、家族は、世帯主が勤務する企業や組織の人事によって、転居や単身赴任を強いられる流動的で不安定な存在になった。属する自然共同体がなくなった個人や核家族にとっては、冠婚葬祭も、自分あるいは家族のライフスタイルに応じて執り行うイベントと化すにいたった。

現代では、大家族が核家族に移行することはあっても、核家族が大家族に戻る可能性は極めて低い。住宅事情から物理的に難しいという点も要因の一つではあるが、それ以上に、世代間の意識の違いから来る摩擦や人間関係の煩わしさを避けたいという心理的要因が、基本的に回帰を阻むのである。

一方、核家族は、家族として最小の単位であるから、構成員の年齢が上がるにつれて、家族構成に変化が生じやすく、お一人様を生みやすい。あるいは、核家族そのものが、経年により、お一人様世帯に変身してしまいやすい。

大家族から核家族へ、核家族からお一人様へ。このように、お一人様は家族形態の変化の結果として増え続けてきたのであるが、遡れば、家族形態もまた社会や産業の発展の結果として大きく変化を遂げてきたのである。

七　誰もがお一人様に

社会の発展も産業の発展も、国の長期動向であって、けっして突然に実現する性格のものではない。人口動態や産業構造の推移を扱う諸統計は、ずっと以前から、家族形態の変化を初め、少子高齢化、人口の東京集中と地方の過疎化、経済のサービス化と女性の社会進出などを、客観的に予測していたのである。政府が、こうした長期予測を早くから真剣に受け止め、対応を先延ばしすることなく、地道に適切な政策を推し進めていたならば、日本社会の変化は、もう少し緩やかになっていたに違いない。

実際には、政府はこの間、国民の生活福祉よりも企業の国際競争力の強化に最重点を置いてきた。企業のコスト削減を後押しするため雇用制度を改革し、多数の非正規労働者を誕生させた。働く女性の地位向上や子育て環境の整備も後回しにしてきた。政府の対応先送りと無策のツケが、今まさに私たちの目の前に回ってきて、問題を顕在化させているのである。

日本社会の現実を見れば、人生双六のサイの目次第で、今や誰もがお一人様になる可能性があることは、明白である。「一億、総お一人様時代が来る！」とは、老後の生活設計プランを勧める金融機関の案内文に見かけたキャッチコピーであるが、もちろんこれは言い過ぎだ。お一人様を生む要因（未婚の継続、離婚、死別）に照らせば明らかなように、お一人様が発生する確率は、おのずから世代によって異なるのであり、若年世代を含めて全世代・全国民が同時に「総お一人様」になる状況は、ありえない。

とはいえ、個々人の立場からすれば、いつか自分も年齢や境遇に応じて、お一人様になる可能性がある、ということだ。原因となる未婚の継続や離婚は、本人の意志で避けようと思えば避けられる一面を持っているが、伴侶との死別だけは運命というほかなく、とりわけ高齢になればなるほど避けがたいできごとになる。人類の長寿化を見越して英国人学者が提唱した「人生百年時代」。日本人にとっては、けっして夢物語ではない。だとすれば、これからは、自分がお一人様を回避できるという安易な期待を抱くより、お一人様になっても「自立して孤立しない」生き方ができるように、覚悟して人生設計を進めることが賢明かつ現実的となる。

八　身軽になる

今、私の目の前に広がるのは、空き家になってしまった実家の光景である。一般的なイメージとは逆に、私の実家は東京都下の交通便利な場所にあり、私はといえば、最寄り駅が無人駅になってしまった首都圏の片田舎に住んでいる。敷地も家屋も実家の方が広い。実家をいかに仕舞うべきか。建て替えて移り住むことも選択肢に入れて、決断をしなければならない。いずれの選択も、私の残された人生に再設計を迫って来る。サイの目は、どういう方向へ導こうとしているのであろうか。

ただ、どのような方向へ進むにしても、「身軽になる」ことの大切さを、弟の死と私自身の入院経験が教えてくれた。両親亡き後、お一人様になった弟は、大学や自治体の環境政策策定の手伝いなどをしていたが、物を捨てられない性分で、「捨てることは、道徳的にも環境的にも悪！」という信念に凝り固まっていた。その結果、家の中は物流ならぬ「物留」倉庫と化していた。使える品物も、無駄に眠らせているだけでは宝の持ち腐れ。もったいないとは思いつつも、活用先を探す余裕もないまま、結局、私と妻が大量廃棄する羽目になった。

「物より花を愛する生活、物より花に囲まれる幸せ」。大袈裟かもしれないが、これが今の私の理想である。実家の管理をめぐっては、しばらく苦労が続きそうだが、疲れた時には、意識して深呼吸することにしている。「深呼吸。悩みを吐いて、希望を吸う」。これは、私が人生経験から得た一番の気分転換法でもある。

第一章　明るく前向きに

一歩踏み出すと世界は変わる

歴史ある巡礼路のゴール「地の果て」にたどり着いた人々は着衣などと共に、それぞれの何かを捨てる。迷いながらの家庭内別居、娘との関わり、踏み出した別の道。子どもに必要なものは…道中での気づき、そしてゴールで私が捨てたものとは？

ひたむき

十五年もの間、東南アジアで教育支援の仕事に携わらせて頂いた。多くの人との出会いによって支えられた貴重な十五年といえる。その出会いの中に、心を揺さぶられ、神々しいとまで思えた謙虚さとひたむきさに自戒の念をも抱かされた一人の人物がいた。

川の上から今日も思う

東京で生を受け、希望に満ちた未来をのぞんだはずの私がたどり着いたのは、北の町。多様性を認め合う時代に個性的なスタッフに囲まれ、この小さな町で観光業を生業としている。この町での挑戦にはいつも、少しの可能性とワクワク感がある。今日も「サイコー」。

ストーマにも愛をこめて

五人の子どもだけでなく姑と義弟を含めた大家族を切り盛りし、姑の介護と父の看病の末の看取りまで献身的に家族のために尽くしてきた母。度重なる病魔にも屈せず、周りにはたくさんの笑顔があふれていた母が教えてくれた最高の人生とは。

一歩踏み出すと世界は変わる

田中　恭子

地平線まで続く台地を、私は歩いていた。麦畑の中を道ははるかにのびている。時に曲がりくねり、時に丘を越え、目指す場所まで八〇〇キロにわたり続いている。ところどころにある黄色い矢印が行く先を示す。それはスタートからゴールまで途切れることはない。だから迷わない。前になり後ろになる、同じ方向に進む人たちが、にこやかに「ブエン・カミーノ」と声をかける。ここは、千年の歴史をもつ、スペインのサンティアゴ・デ・コンポステーラへの巡礼路だ。

どーんという腹を打つ音に、「始まった」とベランダに出た。隣の大きな公園で行われる花火大会がそこから見えるのがわが家の自慢だった。しばらく見ていて、ふと気づいた。

「一人だ」。

年のくっついた三人の子がいるわが家は、いつもわちゃわちゃしていた。「この家には思い切り泣ける場所もない」。そう誰にともなく悪態をつきながら車の中でうおぉうおぅ泣いたこともあった。子どもらはあっという間に独立し、そんな日々も懐かしい思い出となった。子どもを急かしては時に後ろから抱き、時に並んでスイカの種を飛ばしながら見たこのイベントを、まさか一人で鑑賞する日がこようとは、あの頃は思いもしなかった。今は家じゅうどこでも泣ける。「きれいだね」「すごいね」。そう言える人が隣にいたならどんなによかっただろう。柄にもなくどうしようもなく寂しくなった。

子どもが小さな時から、夫婦関係は冷え切っていた。何度もおぼれそうになりながら相談機関に相談し、「子ども三人を抱えてシングルマザーで生きていくのは相当の覚悟が必要ですよ」と、そのたびに別の相談員さんから言われた。それは私の決心を問うものであったかもしれないし、励ましであったかもしれないが、一方で「脅し」にもなった。できるだろうか、不安定な私の職業で。かといって今から別業種に就職する決心もつかない。経済的理由で寂しい思いを、不自由な思いをさせたくない。とりわけ、進路を狭めるようなことはしたくない。私の学生時代にも、そんな級友はいくらかいた。迷い苦しんだ末に私が出した答えは、「私は人生を売って子どもを育てよう」。以後私は無用な争いを避け、母としての自分がつぶれないよう、夫との会話を断った。いわゆる「家庭内別居」を続け、シングルマザーのつもりで、金銭面のほかは一切夫の助けをあてにせずに「一人で」子どもを育てたのだった。

そんなふうに十数年が過ぎ、このままこうした生活が死ぬまで続いていくのだと思っていたが、ある年、変化が起こった。発達に問題があった娘が思春期に入り、私に暴力を振るうようになったのだ。私だけに。ある日、ひどい暴力を受け助けを求めている私の前で平気で寝転んでテレビを観ている夫を見て、「もうおしまいだ」と確信した。家庭内別居を決め実行したのは私であったが、私は初めて別の道を踏み出すことにした。それから二年かけて離婚が成立した。緑豊かなお気に入りのわが家は、相当の無理をして自分のものにした。そして初めてわかった。きっと一人でも育てられたのだと。甘えだったのだと。子どもに必要なものは、学歴でも地位でもなく、生きる力と笑いの絶えない家庭なのだと、後に遠い異国で思うことになる。

たった一人の花火を見た数年後、私はこの道を歩いていた。巡礼とはいえ私は無宗教だ。友人が以前「鐘の音が聞こえる道」そう話してくれたそれだけで、ずっといつかは行きたいと憧れていた。いつかいつかと、三十年近くがたっていた。待っているだけ、憧れているだけでは何も起こらないことを、私はもう十分過ぎるほど知っていた。

巡礼路は、小さな村から村へと続いている。寒風の吹きすさぶ牧草地から一面の麦畑へ、そしてオリーブ畑、荒れ地、ブドウ畑、野菜畑、高山植物の咲き乱れる山上……。風景を変えながら、その土地の産物をいただき、その土地でとれる土や石でできた簡素な巡礼宿に泊まる。巡礼手帳を持っている私たちは巡礼者として誰からも敬われ、道で行き交う村人、店の主人など誰もが「ブエン・カミーノ（よき巡礼を）」と声をかけ励ましてくれる。

時には険しい山越えもあるその道は、昔の人々にとっては命をも賭けるものであったという。道沿いの村々には、巡礼者を助ける救護院や、道半ばにして力尽きた人々を葬る墓地までもが用意されている。命を賭けて、全財産をかけて、人々は何を求めてそこを目指したのか。

巡礼路には現在も、世界中から年間数十万人の人が訪れる。目指す場所は皆同じ。人が一日に歩ける距離はだいたい決まっているから、何日も同宿の「巡礼仲間」が自然にできる。毎日毎日、巡礼路をスタートする人たちがいるから、毎日毎日、違った巡り会わせがある。それは神のいたずらにさえ思えた。中には生涯の伴侶と出会う人もいるのだから。三十数日をかけてできた私の巡礼仲間はどの人も忘れがたく、素晴らしかった。まるで自分のために最高の出会いを用意してくれたような、そんな奇跡を、違う日にスタートした人たちも思うのだろう。

ひたすら歩く旅は考える時間もたっぷりあり、足もとの、頭上の、小さなできごとを発見する機会もたくさんある。花の香り、雲のきらめき、梢のざわめき、鳥の声、遠くの鐘の音……五感を十二分に使う旅でもあり、眠っていたものが研ぎ澄まされた。足の爪は厚く硬くなり、遠くに見える村まであと何キロというのも、直感的にわかるようになった。

サイクルスーツに身を包んでさっそうと通り過ぎていく人たちも、よく見ればだいたいがシニアだ。白杖をつく妻を連れて二人乗りの自転車で行く老夫婦もいた。車いすの人もいた。「不可能」というものは存在しない。そう思わせる道でもあった。

中世からの歴史がある教会も、巡礼宿として開放されていた。夕食の前に、町の人々と一緒にミサに参加する。その時必ず言われるのだ。「もしよかったら」「仏教徒であっても無宗教であっても、どこの国の人でも」。おごそかなカトリックのミサは、よくわからない部分も多いが、集まる村の人たちの真摯な信仰の姿はよくわかる。ミサの最後には周囲の人と愛情いっぱいのハグを、あるいは握手をする。そして村人たちが帰った後、神父さんが前の方に巡礼者だけを集め、祝福と励ましをくれる。信仰などなくても、じんと心に染みる瞬間だった。

夕飯をわいわいと皆で作り、食べ、片付けた後は、もう一度誰もいなくなったチャペルに行き、古い古い椅子にぐるりと座って、それぞれの巡礼への思いを自国語で話す。話しながら号泣してしまう人もいる。「私は全てを失った」と話す人もいる。仕事をなくし、大切な人を亡くし、恋人と別れ、希望をなくし、生き方に迷い、多くの人が、重いザックよりももっと重いものを背負って歩いていた。苦しみに国境はないのだ。言葉がわからなくても、それは共有できる。世界は個でできている。個々の人間は弱く、はかなく、けれどもまた立ち上がり歩こうとする。手を貸す人もいる。本当の世界平和がここにあると感じた。人はなんと優しく強い生き物なのか。今起きている戦争など、なんとばかばかしいものなのか。

偶然か必然か、この世は出会いに満ちている。いたずら好きの神様が気まぐれに仕掛けたものだとしても、多くの出会いを大切にし、そのかけがえのないつながりをちゃんと自分で育てていくことが大事なのだろう。心労が絶えることのない娘との出会いも、きっとそのひとつだ。彼女がいたから私は、うまくいかない人の痛みを知り、よりたくさんのことを経験することができている。喜びも、哀しみも。私には社会に向けてまだできることがあるはず。

目指すサンティアゴ・デ・コンポステーラに着くと、巡礼仲間たちはそれぞれの思いを胸に、熱い抱擁を自然に交わす。つまづいても「希望」は確かにあると、皆八〇〇キロの道を自分の足で歩いた末に感じるのだろう。

その後も人々は歩き続け、西の果ての岬を目指す。「地の果て」と名付けられたそこは、中世の人たちにとって、まさにこの世の果てだったろう。その先は踏み込むことのできない世界だ。巡礼者はここで長く着ていた服や靴を脱ぎ捨てて燃やし、さらにはそれぞれ何かを捨てるという。私は、「後悔」を捨てることにした。これまでの人生で、「あの時こうしていれば」「あの時こうしなければ」という大きな失敗は何度もあった。それは行く道を大きく変えてしまったかもしれない。巡礼路も時に二手に分かれていた。もう一方の道が気になっても、ひとつしか通ることはできない。後戻りもできない。だけど、自分の選んだ道で出会った多くの風景、多くの人々があり、そのどれもが自分にとって大きな財産となっている。

この先、どんなことがあったとしても、私はここに立ち返ることができる。どんなに人生に絶望したとしても、この世のあちこちに、まだ歩いていない道がある。出会っていない人たちがいる。自分の巡礼の目的もよくわかっていなかった私が得、持ち帰ったものはそれだった。人生は素晴らしく、決して売ってはいけない。私は自分の人生をちゃんと使い果たそう。迷っても、必ず黄色い矢印が、そして鐘の音が、私を導いてくれるはずだから。

ひたむき

土居　清美

世界遺産のアンコールワット、地雷、ポルポトというキーワードくらいしか思い浮かばなかった、東南アジア未踏の国カンボジア。そこに日本語学校を創るために単身赴任したのはもう十七年前の事だ。社内選抜に立候補して叶ったものの、初めての海外赴任、初めての学校設立に不安とプレッシャーにさいなまれながら渡航した事が思い出される。カンボジア政府の学校認可取得のため膨大な資料を作成する一方、校舎探しに始まって椅子や机の備品調達、カリキュラム作りや教材準備等に忙殺される中、最重要課題である現地日本語教師の採用活動を始めた。

当時カンボジアでは日本語人気が高まり始めており、小さな求人広告にも大きな反響があった。応募者が予想以上に多かったため筆記試験を一次試験とし、その後面接を行う事にした。それでも朝から夕方遅くまで面接に追われる日が続いた。応募者には、大学の日本語学科に通いながら、先生として働きたいと言う若者が多かった。アルバイト感覚では困るな、と最初は思ったが、学生と社会人の垣根が無いのが当たり前という「就労意識」の違いに戸惑った。また、日系企業の現地社長の秘書や通訳をやっていたとか、兄弟が日本で働いているなど日本との関わりがある人も予想以上に多かった。中でも驚いたのは、カーキ色の袈裟を着たお坊さんも数人応募に来たことだ。

そんな中で、筆記試験がとても良く出来、面接試験に臨んで来た小柄な男子がいた。名はシーコンと言った。難しい漢字も書け、文法もしっかりしていたが、発音やイントネーションが悪く、聞き取り辛かった。「こういう意味かな?」と聞き返すと、「そうでっ、そうでっ、ごめんなさい。わたすぃ、日本語が大好きでっ。でもはなするは下手でっ」と答えた。色々と間違っている。特に気になった、語尾の「す」の発音であるが、カンボジア人にとってはとても難しく「っ」になってしまう事は、後に分かった。私は思わず笑いながら、「いいんだよ大体分かるから」と応え日本語の勉強はどのようにしてきたのかを尋ねた。彼はたどたどしく、しかし懸命に答えてくれた。お寺でお坊さんに学んできたということを。

彼は幼少時にお寺に預けられ、家族と離れて暮らした。そのお寺には彼と同じような子供が何人もいたと言う。子沢山で貧しい農家の四男や五男の子供の多くは地元のお寺に預けられる風習があったのだ。そのお寺で修行中の多くのお坊さんの中に、日本語を熱心に勉強している青年のお坊さんがいて、夜のひと時に子供達を集めて教えてくれたのだそうだ。彼にとってその「授業」は楽しく嬉しい時間だった。先生にとって授業の頼りは、たった一冊の古びた教科書だった。その一冊の教科書が、そのお寺に代々引き継がれて来たのだ。その昔、青年海外協力隊の若者が見学に立ち寄り、お礼に日本語の教科書を一冊置いていってくれたのだそうだ。その若者が蒔いた一粒の日本語の種が、誰も見知らぬ場所に健気にも小さな花を咲かせていたのだ。

彼の話を聞いていると、まざまざと情景が浮かび、その場面が一コマずつ映画のシーンの様に脳裏をよぎった。そしてよぎる度に私の心は揺さぶられ、軽い痺れさえ走った。さらに彼の話は続いた。

田舎のお寺にはまだ電気が通っておらず、夜は蠟燭の灯りで過ごしたため、授業は困難を極めた。ひらがなを覚えるために教科書を蝋燭にかざして、皆で顔を寄せ合った。蝋燭も消され就寝時間になっても、そっとお線香に火を付け、ふうふうと吹きながら赤く灯った僅かな灯りでその日の復習をしたこともあった。托鉢で村の家々を回り、お寺に戻って夕餉の支度をし、質素な食事をして後片付けをして、くたくたになってから漸く辿り着くのが、この大好きな日本語授業だった。

ひらがなが書けるようになり、カタカナから漢字に進んでくると周りの若いお坊さん達は嫌になって授業に出なくなったそうだ。しかし彼は漢字も一つずつ覚えていき益々日本語の面白さに憑りつかれて行った。そして年月が経ち、そのお寺の日本語の先生はついに彼が引き継いだのだと言う。この場面で彼は誇らし気な顔を一瞬見せた。しかしすぐに気恥ずかしそうに笑った。大きく円らな瞳をした人懐っこい表情がとても眩しかった。まだ見ぬ日本に興味を持ち、いつか行ってみたいと子供心に思ったそうだ。そしてその気持ちは以来ずっと変わらず、独学を続けてきたと、きっぱり語った。

私は、それ以上質問することが出来なくなった。そして、つい先程「笑った自分」を恥じた。何とか面接を終えたが、その後夜の闇と共に自己嫌悪の暗い沼に私は沈んでいった。懸命に質問に答えていた彼に、私は鼻で笑ったのだ。酷過ぎる態度だった。横柄な面接官であった。何と自分は傲慢であろうか。それに比べて彼の謙虚さやひたむきさの何と神々しいことか。彼には人としての尊さがあるが果たして自分はどうか。こんな思いが押しては引き返す中、彼への合格通知を書いてメールで送った。

「あなたの日本語は、『読む』『書く』という点で素晴らしく、幼い頃から真摯に取り組んで来たことがとても伝わって来ました。決して恵まれた環境ではないのに、投げ出すことなく一歩一歩学び、身に付けて来られたことに心から敬意を表します。一方、『聞く』『話す』点は残念ながらもう一歩ですね。先生である以上、日本語能力が大切なのはもちろんです。しかしそれ以上に大切な事があると私はあなたを見て思いました。それはあなたが取り組んできた日本語への学びの姿勢の素晴らしさです。ひたむきさです。日本語が楽しく、面白く、大好きだと言うことより素敵なことはありません。是非これから新たにスタートする当日本語学校に教師として入って頂き、その意志の強さや日本語への情熱を生徒たちに思う存分伝えていって欲しいと思います。今日は面接に来てくれて、本当にありがとうございました。私はとても感動しました。あなたと一緒に働きたいと強く思います。良いお返事を心より待っています」

彼は翌朝、快諾の返事をくれた。そこには次のような決意も添えられていた。「もっともっと日本語を勉強して、発音も良くして、生徒たちにとって良い先生になるように努力します」

こうして彼が入社してしばらく経ったある日、私は彼にお願いして彼が過ごしたお寺を一緒に訪ねることにした。プノンペンから車で二時間ほど走ると、見渡す限りの田園風景になっていった。そこに忽然と現れたのは、この地で随一と言える大寺であった。彼は誇らし気に案内してくれた。広い境内の隅に修行僧のための宿舎があった。古い木造の平屋だった。洗いざらしの色とりどりの袈裟が干してあった。そして入口には大きな甕が五つほど並んでいた。聞くと、まだ水道が通っていないので、雨水を溜めて生活用水として使っているとのことだった。訝し気な顔をした私に、彼は言い訳をするように説明してくれた。

「飲用や料理には上澄みを掬って使うので大丈夫です」。私は「そうなんだ…ね」と微笑みを返すことしかできなかった。

入社後の彼は、予想通り熱心な教師として日々を送っていた。学校で用意した教科書だけでは足りないと言い、自分で教案を作成し、手作りの教材を次から次へと創った。そんな日々の中、後輩の先生達が日本語検定で二級や一級を取るようになってきた。彼は三級のままだった。日本語学習の初期に、基礎を体系的に学んでいなかった彼は行き詰っていたのだ。辛い日々が続いたと思う。

入社五年程が経過した頃、学校の運営面を様々にご支援頂いていた北海道のある経営者から、彼個人を支援したい、とお申し出を頂いた。本人から将来について相談があったようだ。話はまとまり、創業のご支援を頂いて、彼はカンボジアで起業した。日本人観光客向けの「ガイド兼ドライバー」業だ。そんなニッチな市場でやって行けるのかとも思ったが、「日本語の話せるドライバー」が人気となり、年々業容は拡大し、レンタカー事業にも手を広げ、従業員も増やした。コロナ禍で観光客が激減し苦労したようだが、何とか踏ん張った。

そして今や、観光やビジネスでカンボジアに来て車を頼むなら、彼の会社が最優先で選ばれる程の実績を築いた。これも彼のひたむきさ、真摯さが成し得たのだと思う。彼があきらめることなく勉強を続け、日本語検定二級を知らぬ間に取得していたことからも、私はそう確信している。

定年により、私は一昨年本帰国させて頂いた。幸運にも十五年もの長きに渡ってカンボジアで教育支援の仕事に携わらせて頂いた。この貴重な十五年を、敢えて一言で言い表すならば、「多くの人との出会いによって支えられた十五年だった」ということに尽きる。

カンボジア赴任初期における彼との出会いは、天が与えてくれた宝物であった。そして今つくづく思う。人生の支援をしてもらったのは、実に私の方だったのだ。

川の上から今日も思う

下田　伸一

「よっしゃ！ナイスクリアで〜す！みんなパドル上げて〜！」『ＹＥＡＨ〜！』

★

この国に希望はあるのか。

若かりし頃にそんなことを感じていたのは単に私が悲運の就職氷河期世代だったからなのだろうか。今振り返ると私たちの世代が社会に出るタイミングこそがまさに「失われた三十年」の幕開けだったのだ。

東京で生を受け、希望に満ちた未来を望んだはずの私の人生が時代の流れに翻弄されたのは抗えない運命だったのかもしれない。激流の渦中で幾度希望の光を見失ったことか。

そんな私が流れ流れて辿り着いた現在地は北海道にある人口わずか五千人の小さなニ

セコ町という町である。縁あって私はこの町で、主産業である観光に関わる小さなアウトドア会社を経営させて頂いている。

冒頭の描写はゴムボートで川を下る「ラフティングツアー」のワンシーンである。このツアーはひとつのボートに六〜八人が乗り込み、ガイドスタッフが乗客に声を掛けながらパドルを漕いでもらいゴールを目指す、というものだ。言わばガイドと乗客が運命共同体となり、力を合わせて川を下る冒険ツアーだ。

我々ガイドは川の途中に現れる岩場や急流などの難所を、ボートが座礁したり乗客が落水したりしないようにボートの挙動を見極めて操船していくのだ。

「いやぁー、今日の俺のボートさぁ、みんなめっちゃノリがよかったわー。」

「あそこのデカ岩の次のところだけど、昨日より水減ったからテクニカルになったな。」

「S字の瀬のところもっと内側通らないと水が増えたらちょっとヤバいかもね。」

「家族連れ同士のボートが多いと水の掛け合いとかもっとアリだな。」

「今日暑かったし子供は水掛け喜ぶよね。」

ツアーが終わると行われるミーティングではガイドたちによるそれぞれの感想や危険

箇所についての情報交換などで盛り上がる。

この生業は自然河川がフィールドとなるので、まず自然相手の備えや対応が必要となる。川の表情は同じように見えて日々変化していく。雨が降ると翌日にはそれまでと違う水量になり岩が隠れたりカーブ外側の流速が急になったりするのだ。また台風並みの強風が吹けば倒木が発生し、やがて流木となり間隔の狭い岩との間に堆積し通常ボートが通るルートの障害となってしまうこともある。

そういう場合にはツアー前に下見を行い、障害物を除去したり動いた岩の位置をガイド同士で共有したりして安全を確認してから次のツアーに備える。

また自然を相手にすることだけを考えるのではなく、サービス業として成立させる為に乗客の満足度を第一に考えなくてはならない。安全であることはもちろんだが、どのようなことを求めてツアーに参加されているのかを汲み取り希望に応じた体験を提供する難しさもある。

この運命共同体となるガイドと乗客の出会いに『ご縁』があるとその後の人生の流れを大きく変えることがある。事実、乗客として参加したことが契機となりこの道を志し、トレーニングを受け、資格を取得し、生業としてガイドになってしまう者もいるのだ。また、ガイドと乗客の出会いがそのまま結婚まで至る『本当の運命共同体』となる例も決して珍しくない。

この多様性を認め合う時代における本ガイド事業で活躍する、私を含めた個性的なスタッフたちについても少し触れておきたいと思う。

まず率直に言うと体を動かすことが好きな自由人が多いということ。翻っていうと机の前にじっと座り続けて仕事をすることを不自由だと感じてしまう特徴があるような人たちだ。それぞれの生い立ちや背景は様々であるが大きく三種類に分けられる。

第一にこの生業とは無縁と思われるような人たちだ。きちんと就職活動を経てそれなりのレールに乗った人生を目指しながら、しかし職場の人間関係などに悩み、仕事に対するやりがいや待遇に疑問を持ち転職を決意して実行に移すのが探求型自分探しタイプ。

第二に最初からレールには乗れずノープランの勢いだけで行動してしまうのが私の属する自分を見失っているカテゴリーのタイプだ。

そして最後は地元の高校などを出て新卒で活躍する生え抜きピュアタイプ。そう、彼らこそ期待のホープたちである。

概ね前者二つが主流、最後が希少種だ。

主流型タイプは好奇心も強く行動力もあるので移住者が多く、ニセコエリアのウィンタースポーツをメインのライフワークにしている共通点も目立つ。若い頃の海外経験や様々な転職歴もあり、自分のライフスタイルを重視する価値観のようなものが確立していて、ある意味で安定感がある。彼らはいずれも経験値や人間性に深みがありボートの上で乗客を楽しませるトークはかなり面白く味わい深い。加えてガイドとしての頼もしさが、このニッチな業界のコアなリピーターを獲得し続けてきたことは言うまでもない。

これまではこの主流型の移住者たちに支えられた業界であるが、地域の文化・産業として本当に根付かせるには第三の希少種との融合がとても重要なのだ。

この素晴らしい職業を持続させていくためこの十数年取り組んでいるのがふるさと教育を活かした地元人材の採用と育成である。前述の希少種である生え抜きピュアスタッフがまさにその果実と言えるのかもしれない。彼らこそ未来で活躍する地域の希望そのものだ。

ここでニセコエリアのラフティング史を少し紐解きたい。二十世紀後半にオーストラリアから来た一人の若者が行動したのが始まりである。スキーでは有名なニセコであるが、夏の観光の目玉として何かできないか、と模索しながら数人の仲間を集めて始めたのがこのラフティングだ。最初は知名度も低く住民や行政からの理解も乏しい状態だった。

創成期から軌道に乗り始めるきっかけとなったメインの顧客は地域外から訪れる修学旅行生たちである。そこから徐々にこの体験が夏のニセコにおけるアウトドア観光の代名詞となり、道内外の旅行会社の応援もあって一般の旅行客にも広く受け入れられることとなる。

商業用にニセコエリアの観光ラフティングは発展してきたが、肝心の地域の子供たちの体験機会に対しては積極的には目を向けられなかった側面もある。将来の地域の担い手がニセコの自然を学べるラフティングを体験していなかったというのは大きな損失である。

もちろん各ラフティング事業者も無策だったわけではない。折に触れて地元割りや地域還元ツアーでイベントなどを企画的に実施してきた。しかし実態として地域に愛される事業として皆様からご愛顧いただけている状況というにはまだまだ程遠いものがあった。

その背景のひとつには「地元ゆえに」という壁があるのではないかと感じている。この地域のこの事例に限らず、どのエリアであっても地元ゆえにいつでも行けるからいつまでも行かない、の現象が起きているのだと思う。

例えば東京在住者が東京タワーに一度も登ったことがなかったり、大阪の人が通天閣タワーに行かなかったりするのと似たような感じかもしれない。きっとそうなのだ。つまり観光客で混むようなところに地域住民はわざわざ行かないしどうせ料金も観光客向けで高いから、と思わせてしまっている。

そこで、我が町ではなんとかこの状況を打破すべく、まず件のふるさと教育による人材育成計画として、地域の子供たちの課外教育などに取り入れてもらう活動を始めた。最初は小学校の親子レクや少年団活動のアウトドア研修にどうですか、という具合だ。徐々に実を結び、遂に数年前から小学校高学年の宿泊学習で、公式の自然体験活動として採用してもらえるようになった。つまりこの町の子供は欠席者以外の全員がニセコでラフティングを体験している、という状況までたどり着いたのだ。

最初の年は体験してくれた子供たちの感想文や保護者からの手紙を読んで不覚にも涙が出そうになったことを今でも覚えている。

「水が冷たかったけど他のチームと水をかけ合うのが楽しかった。またやりたい。」

「知っている人がボートで働いていてかっこよかった。バク宙で飛込みしてくれた。」

「大人になったらユーチューバーになりたかったけどラフティングの仕事のユーチューバーになりたいと思いました。」

「とても楽しかったようでラフティングに参加したことがきっかけで行き渋っていた学校へまた楽しく通えるようになりました。」

今では地域の中学校や高校からは職業体験やインターン生を受け入れることもある。身近に感じてもらう機会を増やしながら少しずつだが、生え抜きスタッフたちが移住型のベテランたちに育成されてきたのだ。

この国に希望があるのかはわからない。

しかし、この小さな町の挑戦にはいつも少しの可能性とワクワク感がある。国内外からの移住者や子供の数、起業する事業者の数も増えているのだ。我が家の三人の子供たちもこの町で生まれ、のびのびと育てさせて頂いている。スタッフの子供たちも増えてきている。時代によらず希望の光はいつも人自身なのだと、川の上から今日も思うのだ。

★★★

「ヤバい、岩にぶつかるぞ」

「もっとそっち側強く漕いで！」

「よっしゃ！ナイスクリアで〜す！」

「みんなパドル上げて〜！」

『YEAH〜！』

「サイコー」

ストーマにも愛をこめて

紀伊　保

母は、二〇歳で嫁ぎ、僕たち五人の子どもを産み育ててくれた。育ち盛りの子どもたちと姑、義弟を含めた大家族を切り盛りしてきた。晩年は、自宅で姑の介護を七年半勤めた。

病気に身体と心を蝕まれていった祖母は、意識がもうろうとなり、夜中でも「先生ーっ」と叫びだす。母はすぐに対処できるように姑と添い寝をしていたが、ほとんど眠ることもできなかったそうだ。昼間は昼間で、家族の食事や洗濯などの家事をこなさなければならない。身を粉にして働いていても、姑に呼ばれて駆け付けると「遅いなぁ」と文句を言われ、隠れて泣いていたという。

それでも母は、愚痴一つこぼさず献身的に介護をし続けた。在宅医療で訪れる看護師さんが、褒めてくれた。

「ずっと寝たきりやのに床ずれが一つもない」

それが母の愛情と献身の証だった。

姑を看取った後、数年が過ぎたころ父が不調を訴えた。ステージ4の胃癌だった。余命は二ケ月と診断され、そのまま入院することになった。突然の告知に医師の言うことが耳に入ってこない母。その日は誰もいない自宅に帰って、泣いた、泣いた、泣いた。

だが、母は大泣きした翌日からは気を取り直して、毎日日赤病院へ行った。味気ない病院の食事が口に合わない父のために、毎朝炊き立てのご飯と生卵を持っていき、父がいつも食べていた『卵ご飯』を食べさせた。病院のお茶を嫌う父のために二リッター入りの水を運んだ。

「お父ちゃんが待ってはる」

と思うと母の中に張り合いが湧き出てきた。自宅から日赤病院までの長い道のりもきつい坂もへっちゃらだった。母は、毎日朝から夕方までずっと父のベッドの横に座っていたという。母にとっては、そうした日々さえも残されたキラキラした時間だったのだ。

「これでええんや、手術はせえへん」

潔い父。入退院を繰り返し、医師からこれが最後の入院になるといわれ、ホスピスを薦められた。

「お父ちゃんが、このままこの家に帰ってこれへんなんて嫌や」

母は、父の希望を受け入れて、再び在宅介護を始めた。母の中には、父に対する愛情と相当の覚悟があったのだろう。

最初は癌だということが信じられないくらい元気だった父も、徐々に身体がいうことをきかなくなってきた。母は、父が食べたいという食材を懸命に探しては料理した。血行が悪くなった父のつま先を一晩中さすり、母の手からは指紋がなくなっていた。母の介護の甲斐があってか、余命二ケ月と言われた父は、まだまだ頑張ってくれた。

しかし、病魔は確実に父の身体を蝕んでいった。やがて立ち上がることもできなくなり、酸素供給器の管をつけ、寝たきりになった。

すでに独立した子どもたちがとっかえひっかえ母をサポートしようと帰省するようになった。五人の子どもたちは、伴侶と孫を入れると二一人になる。これこそが、父と母にとって二人が育んできた宝だろう。

ときおり押し寄せる痛みに耐えている父は、顔をしかめるものの、決して痛い、辛いといった言葉は口にしなかった。激しい苦痛があったと思われるが、そこには母に心配をかけまいという昭和男子の凄まじい姿があった。

鉄工所を自営し、あんなに逞しかった父の手が、いまやまるで女性のような華奢な手になっていた。その手を両手で包み込むように手を添える母。この二つの手は働き者の手だ。僕たちを育ててくれた手だ。僕はこれほど美しい手を見たことがない。

父は余命二ケ月と言われてから、八ケ月目に逝った。この八ケ月は、神様が与えてくださった八ケ月だ。その間、二人はいろんな話をしたのだろう。若かったころの話や子育ての話、今に至るまで繰り返しいろんな話をしたのだろう。夫婦にとって、とても大切な時間だった。これ以上でもこれ以下でもない。二人に必要な時間が八ケ月だったのだ。

父が亡くなり、数年たって今度は母が腹痛を訴えた。ステージ3の大腸癌だった。検査の後、腹腔鏡で切除し、ステントと呼ばれる管を通す手術が行われた。抗癌剤治療を続けたが、点滴を打った日は気分が悪くフラフラになったという。ある日、風呂掃除をしようとして滑って脇腹を強打した。抗癌剤で脆くなった肋骨はいとも簡単に折れた。また別の日に玄関先で転んで腰椎を骨折した。すべて抗癌剤の副作用から来るものだった。痛みに耐えられず起き上がることもできない。かといってベッドで寝ていても痛みが続くという。いままでずっと献身的に働いてきた母が、どうしてこんな目に遭わなければいけないのだ。高齢だと骨は脆いし、回復にも時間がかかる。

母は、痛みで動けなくなり、本を読むこともテレビを見ることもできなくなった。僕はそんな母のことを思い、寝たままでも聞けるようにと考え、母の好きな曲と、僕が今まで書いてきたエッセーを朗読したものをＣＤに録音して送った。

やがて回復した母は、痛みも引いて自分で歩けるようになった。

しかし病魔は、まだ母を苦しめ続けた。大腸癌が再発したのだ。今度は開腹手術をすることになったが、その際、主治医から「状況によってはストーマ（人工肛門）になることもある」と言われた。母は手術の前日までストーマを拒否して、看護師さんを困らせた。

いよいよ手術が始まった。七時間を超える長い手術となった。その途中に、別室で待っていた僕たちが呼ばれた。医師が言うには、やはりストーマしかないという。僕は迷わず安全な方法で母を生かして下さいとお願いした。

手術は成功し、病室に戻った母は、麻酔が覚めやらぬ中、自分のお腹を触り『これがストーマか』と観念したという。

しかし、母は翌日から気を取り直した。大手術をして下さった先生や看護師、入れ代わり立ち代わり見舞いにきてくれる子どもや孫たちに感謝の言葉を述べ続けた。そして、意図せずについたストーマにさえ、この子のおかげで生かしてもらえたんだと感謝の念を抱いた。私の六番目の子どもみたいと。そして南高梅みたいで可愛いから『梅ちゃん』とストーマに名前まで付けた。

病棟では、頻繁に出入りする看護師さんにいつも笑顔でお礼を言う母に、

「ストーマに名前を付けはったんは、紀伊さんが初めてや。この病室だけいつ来ても空気が全然違うわ」

と笑顔で話してくれたらしい。あれほどの大手術をしたにもかかわらず母は順調に回復し、やがて退院となった。

ストーマにしたおかげで好きなものを何でも食べられると喜んでいた母は、近所の友達とカラオケに行ったり、好きなスポーツ中継を見たりして穏やかに過ごしていた。

しかし、定期検診を受診した際、癌の転移が見つかった。今度は肝臓だ。高齢を理由に治療を躊躇する母に、主治医は治療を強く勧めてくださった。

「高齢でもこんなに元気なんだし、体力もあるんだから手術をしましょう」

母は、三度手術台に上がることにした。手術をする前日は、不安でよく眠れなかったようだが、当日の朝には美しい朝陽を見て力をもらったそうだ。再び長い手術となった。その間、別室で待つ僕たちは、天国の父にどうか成功しますようにと祈り続けた。

手術が終わった。

「肝臓の一部と卵巣、尿管も怪しい所はすべて切除しました。でも、ラッキーなことにもう一つの尿管は健康でした」

主治医の先生が説明してくれた。手術の内容や難易度は僕たちにはよくわからないが、とにかく手術が成功したということに胸をなでおろした。

術後の経過も順調だった。一年後、定期検査を受診した。時間のかかる検査もたくさん受けた。その検査結果を主治医が笑顔で伝えてくれた。

「転移は全くみられません。もう安心です」

母は、身を粉にして五人の子どもを育ててきた。そして姑の介護、夫の介護。どこまでも献身的で働き者だった。贅沢もせず、いつも感謝を口にしてきた人生だった。家族にもペットにも、庭木にもストーマにさえも愛情を注ぐ愛の人だった。母の周りはいつもたくさんの笑顔があふれていた。

そんな母の快気祝いを子どもたちで催した。二一人の子どもと孫と父の遺影に囲まれた母の満面の笑顔がそこにあった。神様はおられると思う。どんなに辛いことがあってもそれを乗り越えていくことができると、母が身をもって教えてくれたのだ。

母の口からは、愚痴や文句はほとんど出てこない。いまと違い何かと窮屈な昭和時代を生きてきた母には、辛いこともたくさんあっただろう。恨みつらみとまではいかなくとも我慢したこと、悩んだこともあっただろう。にもかかわらず、母はこうつぶやいた。

「なんか良いことばかりが思い出されて幸せやわ。いろんな大変な部分もあったはずなのに何故かあんまり思い出せない。幸せのしるしやな」

人の人生にいいも悪いもない。その人が歩んできた人生は、どんな人生であっても唯一無二の尊い人生だ。だが、あえて誰もが納得する生き方があるとすれば、それは『愛と感謝の人生』ではないだろうか。

あふれる愛情で接して、どんなことも感謝で受け止めることができるのならば、逆境も困難もただの通過点でしかない。どんな状況になっても常に希望を見つめながら愛と感謝の日々を送ることこそ、最高の人生なんだと母の生きざまが教えてくれた。

僕たち家族は、そんな母のことが大好きだ。

第二章　日常から見出す

二本の氷柱に見た希望

三十八年間の警察人生で長く警備部門に携わってきた。警備の道を志すことにもなった、若かりし自分の人生観が変わった出来事と上司の金言。この金言をリレー・バトンとして部下にも伝え、手応えを感じていた時、またしても試練の現場がやってくる。

新たな自分との出会い

十五才当時の私の希望は、国立病院付属看護学校進学と国立病院勤務。長年看護関係の仕事を続けられたのは、悔しい思いを抱きながら向かった島での出会いがあったから。そこには、中学生時代に衝撃を受けた本で知った施設があった。

前を向いて

それが「見て見ぬふり」だと気づくまで、私は…。期待に満ちた新生活、念願の職場で大声と大きな音が響いた。震える私をロッカー室に連れていったのは、ほぼ全ての女性社員が苦手とする女性社員だった。今の私は誰かの希望の光になれるよう、本当の前へと進む。

私の形を変えた半導体

「夢中になっている時に、人は最大のパフォーマンスを発揮できる」。子供の頃から科学のトピックに心を躍らせていた私は、ごく自然に研究の道を選んだ。科学への純粋な情熱を基に研究にのめり込み成果を重ねていく中、憂いの感情が混ざり込むようになる。

人生を面白く生きる秘訣

一人暮らしの母の介護。生きがいと感じていた仕事を辞め、介護生活の中で母を看取る。介護疲れとコロナ禍の虚無感から抜け出せずにいた私を、前向きに楽しむことに導いてくれたのは、介護生活の中で母が残してくれた言葉掛けだった。

二本の氷柱に見た希望

本田　美徳

令和五年三月末で京都府の警察官を定年退職した私は三十八年間の警察人生で交番巡査を振り出しに以後は長く警備部門に携わってきた。いざ退官して来し方を省みた時、よく五体満足で卒業できたと我ながら思う。

私が警察官を志した時はバブル景気の真っ只中で新卒社員は「新人類」と呼ばれた時代だった。殆どの同級生は待遇の良い民間企業に就職し、人生の指針を社会正義に置いた私は仲間から奇異な目で見られたものだった。

昔も現在も警察官は危険と隣り合わせの職業だ。機動隊員時代のデモ警備では罵声と共に時には石も降ってきてジュラルミンの大楯だけで必死に仲間と我が身を守った。交番巡査の時には暴れ狂う薬物犯と格闘し、やっとのことで手錠をかけたが、片手錠だっために、踊られて手錠を眉間に当てられる怪我をも負った。どれもこれも運良く危機一髪のところで最小限度に食い止めたものの、一歩間違っていたら致命傷になっていただろう。その時に受けた傷は今でも残っているが身を挺して刻んだ勲章だと今では思っている。

このように激闘の二十代では人から言われなき抗議を受け、若い経験則では対処に迷うことも多くあったが、そんな挫けそうな心が吹き飛び、後の人生観が変わった最初の出来事があった。それは平成七年に発災した阪神淡路大震災で体験した現場でのことである。

機動隊員として発災の二週間後に厳寒の兵庫県に派遣され、瓦礫の中でご遺体を収容した。後の東日本大震災のように捜索で使用する便利な装備資機材などなかった時代だ。鉄のバール一本だけを手に激しい余震が続く中、倒壊家屋を三人ひと組で這うように捜索した。様々なご遺体を目の当たりにしたが私の心が張り裂けそうになったのは、自宅の一階で圧死されていた老夫婦のご遺体を収容した時だった。お二人は折り重なるように倒れていたが、互いに右の掌を固く握り締められていた。また瓦礫の中には、ほんの僅かだが外気が通る通気孔のような隙間があり、ご主人は左手を奥様の後頭部に充てていた。奥様の口元を通気孔の方に向け、少しでも息ができるようにご主人が必死で手を差し延べていたのだ。胸が詰まる気持ちを抑え、私達はその場で黙祷をして、お二人のご遺体を安置所まで搬送した。発見時の状況を上司に報告すると、上司は深夜までに渡った綿密な検視の後、静かな口調でこういった。

「柩に納棺したら、掌は握られへんからな」

そして再びご夫婦の掌を握らせたのだ。

その言葉を聞いた時、不意に私の頬に涙が伝った。どんなに厳しい任務にも耐え、私情に流されずに泣くのを堪えるのが警察官だと教えられてきた。しかし儚くも天に召されたご夫婦に施した上司の行為はご遺体をまるで生きている人間として接するものだった。

涙が止まらない私を見て上司はいった。その言葉は今でも忘れることができない。

「本田。この現場をよく憶えとけ。警察官に私情は禁物や。けどな。涙を流せる感覚を持てる仕事はなかなかないぞ。いつかお前にも部下ができる。その時にそう教えてやれ」

二十代後半の新米巡査だった私には、この言葉が胸に染みた。涙を流せる感覚を持てる警察官。そんな警察官になろう。絶望に値する哀しい現場の中でほんの少しだけ将来の希望が持てたような気持ちが芽生えた。ようやく涙が止まって夜明けが近くなった安置所を出た時、厳寒のために入口の庇には数本の氷柱が垂れていたことを憶えている。

　この阪神淡路大震災での派遣出動を経験したことで私は警察の中でも特に危機管理能力を有する警備部門の道を志し、歩むことになった。以後、警察本部や多くの警察署での勤務を続けてきたが巡査部長、警部補と階級が上がっても、阪神淡路大震災の現場で得たあの上司の金言は常に頭にあり、警備部門以外の交通事故や窃盗などの被害者がいる現場に臨場した時にも、まず第一に被害者優先の対応を心がけた。列車の踏切事故で命を落とした幼児のご遺体をお返しする時は同僚と共にできる限り復元して遺族にお返しした。空き巣に入られて多額の金品を盗られた高齢の独居女性には被害証明書を発行すれば家屋保険で被害額が戻ることを聞いて尽力した結果、ほぼ全額が弁済され、涙を流して御礼を告げに来た女性と一緒に喜んだ。どの臨場にも部下が一緒だったが、かつての私もそうだったように若い人は水を与えると吸収の早い若木がしなるように天に向かって伸びていく。涙を流せる感覚を持った警察官になれという言葉を、希望という名のリレー・バトンとして受け取った私が、次の走者である多くの部下へ確実に繋ぐように伝えていった。

そんな私なりの手応えを感じていた時、またしても試練の現場がやってきた。平成二十三年に発災し、戦後最大の国難とまでいわれた三・一一東日本大震災だ。発災と共に東北地方の警察のみならず全国から人命救助の応援派遣部隊が参集したが、やがてご遺体の捜索へと変わり、私も連日放映される津波と瓦礫の映像を食い入るように見つめていた。

発災から一カ月が経過した頃、私に東北への派遣命令が下った。若い部下二十数名を引率しての約二カ月間という長期の出動だ。一瞬、「沿岸部か山間部でのご遺体捜索の任務だな」と考えたが阪神淡路大震災の経験則もある。関西圏の警察から東北地方までは遥かな道程だ。装備資機材を機動隊バスに積み込んで出発したが往路は難渋を極めた。何十時間もかけて走っても、沿岸部は道が削られていて走行不能だった。迂回して向かった幹線道路は亀裂が入っていてタイヤがバースト寸前になる。やがて見えた被災地の惨状に皆、言葉を失った。津波は最初に街を襲った後、引き潮で人や家屋を沖に掠い、二度目以降の津波で大量の瓦礫群を残した。これを何度も繰り返していたのだ。そしてようやく到着した宮城県気仙沼市の現地で私達を待っていたのは次なる試練だった。私達の任務は当初、予想していたご遺体の捜索任務ではなく、遺族支援という任務だった。遺族支援とは安置所に搬送したご遺体を検視の後で納棺し、遺族が行う仮葬儀に立ち会うなど寄り添いが主な任務となる。この時点で警察官歴が二十七年の私でさえ、これだけ大規模な遺族支援は初めての経験だ。まして部下は殆どが二十代の若手隊員で悲嘆に暮れる遺族を前にして寄り添うことができるだろうか。また、ともすれば代理被害の心的ストレスを受ける可能性もある。指揮を執る私の胸には多くの不安がよぎったが安置所では自らも被災している現地の警察官が不眠不休で奮闘している。その姿を見て心を決めた。我々がやらねば誰がやるのだという決意をだ。

いざ遺族支援が始まると、若手隊員達は初めての遺族支援体験を元に自ら率先して改善していった。安置所のトイレ清掃から子供連れの遺族がいれば子供達の相手もした。葬儀会社の不足でご遺体の搬送が困難になり、途方に暮れている高齢者の方には搬送の手助けをするなど日が経つにつれて被災者や遺族と心からの寄り添いができるようになり、顔馴染みになった遺族からは「お世話様です」との言葉も聞かれるようになった。精神的に厳しい現場だったから彼らもきっと人知れず涙することもあっただろう。だが、やはり若木は水を与えるとしなるように伸びていく。阪神淡路大震災の時に私が受けた薫陶は確実に受け継がれていった。そして派遣の最終日には帰途に着く私達を六月まで咲く東北の遅い桜と共に多くの現地警察官や住民の方が見送ってくれた。万感の想いで車内から敬礼で応えたが滲んだ涙で見えない者もいたと思う。

本稿の冒頭近くで記した「後の人生観を変えた」阪神淡路大震災で発見したご夫婦がおられた現場には発災日が近づくと訪れ、哀悼の意を表していた。そしてもう一つの人生観を変えた東日本大震災の現場に一人で再訪したのは定年退職直前の令和五年二月で、実に十二年振りのことだった。どうしてもこの目で確かめたかったからだ。海に面していて東北地方の中では比較的温暖な気仙沼にも粉雪が舞う日だった。壊滅状態だった海岸部や瓦礫の山だった街並みは整備されていて歳月の速さを感じた。山の中にあった安置所も公的施設の姿に戻り、静寂が支配していた。だが目を瞑ると、あの時の情景がありありと蘇る。私は長い時間、黙祷を捧げた。

その夜、投宿したのは別の都市のホテルだったが、窓から外を見ると満天の星が出迎えてくれた。その星の手前には小さな氷柱が伸びている。阪神淡路大震災の時にも氷柱を見たことを思い出した。私にとって厳寒の中で凛と伸びる氷柱は希望への象徴だ。

二度の国難といわれた大震災に携わった私の経験は未来に活かされただろうか。阪神淡路大震災で教えてもらった涙を流せる感覚は東日本大震災の現場で微かな手応えながら後進に託せたと思う。今後も必ず襲来するであろう大規模災害の現場できっと活かしてくれるだろう。そう信じたい。現場で絶望を見た彼らが自分達の力で小さくても希望へと超越できると信じたように。

新たな自分との出会い

金川　久代

六十五年前、十五才の私は、小さな漁港のバス停のベンチで、島行きの船を待っていた。小学三年生のバスハイクで初めて海を見た時「これが世界につながっているのか」と、ワクワクした記憶があるが、今、目の前に広がる海は、家族と隔てる悲しい海にしか見えなかった。この海を渡ると、もう引き返すこともできないのかと、眠れずにボーとした頭で考えていた。

小学校入学前より、手術の為に何度も入院していた母を見送りながら「私も看護婦さんになり、母さんの看護をしたい」と思うようになった。中学生になると「高校を卒業したら国立病院付属の看護学校に行き、国立病院で働く」と、具体的な目標も決めていた。

しかし、高校進学直前に、自営業の家庭の経済的理由で、進路変更を余儀なくされた。

家の苦しい状況は理解していながらも、当時、兄は大学進学も視野に、地元の高校ではなく、難関校と呼ばれている高校に一時間以上かけて列車通学していたので、高校に進学できなくなるとは思っていなかった。何より、母は私が看護師になることを楽しみに応援していたので、裏切られたような憤りを覚えた。

途方にくれた親は、私に話す前に、以前受験していた准看護学校に相談に行っていた。そこで紹介されたのが、瀬戸内海の島にあるハンセン病療養所長島愛生園付属の准看護学校だった。すでに入学式も済んでいるので、入学の意志があれば、すぐに返事をと言われたと、私の気持ちを確かめた。高校進学を突然断念しなければならない悔しさに加え、自分が望んでいない道を歩き出さなければならない状況に追い込まれたようで、受けとめることができなかった。一方で、早く意志を伝えないと、紹介して下さった学校、入学式も済んでいるのに受け入れて下さる学校、双方に迷惑をかけることはできないという思いも湧いた。「迷惑をかけ、つらい思いをさせて済まない」と、苦しい状況の中、頭を下げる父を、これ以上悲しませたくないという気持ちも強く、入学を決断した。

気持ちの整理がつかないまま、熊本駅から、各駅停車の蒸気機関車に乗り、岡山に向かった。

初めての一人旅は心細く、列車が出発すると涙が止まらなくなった。車窓に映る灯りをながめていると、この数日間のめまぐるしい状況の変化が次々に浮かんでは消えていった。そんな中「何故長島なのか」と、ふしぎな巡り合わせも感じていた。

読書が好きだった中学二年生の春、衝撃的な本に出会った。青海波の地模様に、筆字でタイトルが、その下に小さく作者名だけが書かれた本は、並んでいる本の中で一冊だけ異質に見えた。興味本位で手にとると、戦前に発行されたその本は、字が小さく、旧字体、旧仮名遣いで、数ページ立ち読みしただけで「難しい」と、すぐ書架に戻した。しかし、開いたページに書かれていた内容が頭から離れずに、翌日改めて借りた。

長島愛生園に勤務していた女医小川正子によって書かれたその本は、当時の国の隔離政策の元、在宅の患者、家族を訪ねては、療養所への入所の必要性を説き、入所を促して廻る、「検診行」と呼ばれた業務内容の記録を、手記として発表した『小島の春』だった。入所が患者を救う道、入所すれば、穏やかな生活を送ることもできると、入所を拒む患者・家族に説明しながらも、悲しい別れの場面に心を痛める女医の苦悩も伝わってくる。

私の中学生の頃は、肺結核も身近な病気で、近くにも療養所があり、自宅の離れ等で療養している人もいた。「何故ハンセン病だけが、隔離されるのか」「病気になっただけなのに在宅で療養することが出来ず、家族と引き裂かれなければならないのか」。病気に関しての知識がない中で、過酷な状況だけが伝わってきて、読むのがつらかった。入所したら、穏やかに過ごすことができるのか。隔離が目的であるなら、再び家族と一緒に生活できる日が来るのは難しいのではないか等考えると、長島は、瀬戸内海にある、社会から隔てられた遠い隔離の島として心に刻まれた。

今、その島に向かっていることが信じられなかった。

一人遅れて入学した私は、自らクラスの中に入って行くことをせず、常に「入学してよかったのか」「もっと時間に余裕があったら違う選択をしていたのではないか」と、前向きになれずに悶々とした日々を送っていた。

同室の上級生や、同級生が気をつかってくれることさえ、重荷に感じていた。

入学して一ケ月が過ぎた頃、同級生が「島めぐりに行こう」と誘ってくれ、四人で出かけた。

島は、入所者の生活区域と、職員等の生活区域が明確に分かれていて、まだ実習に行っていない一年生が、入所者の生活区域に行く機会はなかった。

本を読んだ時に「入所後は、穏やかな生活が待っているのか」と気になったことを、今日知ることになるのではと思うと、緊張した。

園内は、宗教施設や娯楽施設をはじめ、生活していく上で不自由ないように整えられ、夫婦で生活されている家の庭先には、野菜や季節の花が植えられていて、一見、穏やかな生活を送られているように感じ「よかった」と安堵した。

しかし、納骨堂を訪ねた時、その思いは一変した。入所者の多くが、家族に迷惑をかけたくないと、自ら関係を断ったり、偽名を名乗って生活されていると聞いていたが、亡くなられた後まで、家族の元に帰ることができず、島に残られている現実に、胸が締め付けられるような思いがした。

最後に高校を訪ねた。全国で唯一の入所者の為の高校は、開校して五年目を迎えていた。全国から、目的を持って集い学ばれている百二十名の生徒の中には、高齢の方もおられた。訪ねた時は、バレーボールの試合中だった。大きな歓声と楽しそうな雰囲気に、引き寄せられるように、私達もその輪の中に入って行った。ねばり強く球を追い、皆で拍手し讃えあう清々しい姿は、眩しく、心を揺さぶられた。いつの間にか、私達も一緒になって、「ソーレ」「ナイス」など、大声を上げていた。

入学して初めて、友達と大声で夢中になり応援したことで、一体感を覚えると共に、心のモヤモヤが消えたのを感じた。

高校生との出会いがきっかけとなり、自分自身を省みるようになった。

感動を与えてもらった高校生の多くが、私には想像できない程の体験をされているのではないか。病気を告げられた時、入所を迫られた時、夢や希望が、絶望に変ったのではないか、その中にあって、はっきりした目標を持って学ばれているのに、今の私はどうなのか。今ここで学ぶことができているのは、決して当り前ではなく、この学校を紹介して下さった学校、そして入学式も済んでいたのに受け入れて下さった学校があったからであり、入学を決めたのも私自身である、なのに、いつまでも、後を向いているのが恥ずかしくなった。

あのまま、高校に進んでいたら出会うことのなかった場所、人、体験などは、今後の人生に何らかの意味を持つのではないかと、プラスに受け止めることもできるようになった。

卒業と同時に、目標にしていた国立病院に就職する為に島を離れた。

帰りの船から見た海は、入学時と全く違う海に見えた。

就職後も平坦な道ばかりではなかった。働きながら定時制高校に通い、その後看護学校に進み、助産師、保健師の学校を卒業したのは、三十才をとうに過ぎてからだった。

その間、病気や、家庭と仕事の両立で「もうこれ以上前に進めない」と挫折しそうになったことも何度かあった。苦境に立った時、奮い立たせてくれたのは、あの高校生との出会いだった。どんな試練も「何か意味があるのではないか」と思うことで、乗り越えられたように思う。

七十三才で退く迄、看護関係の仕事を続けることができたのは、新たな自分との出会いの場を作ってくれた長島のおかげと思っている。

古希を迎えた十年前、岡山でのクラス会に参加した。友の車で、皆と愛生園を訪ねた。

五十八年もの間、本土と結ばれることのなかった島には橋がかけられ、多くの人が訪れる島になっていた。

高校は開校より三十二年で閉校になっていた。卒業生の多くは、卒業後すぐに島を出て進学されたり、社会で活躍されていた。

学校の主な行事もとり行なわれていた愛生園の本館は、今、ハンセン病に対する偏見や差別をなくす為の啓発活動の場になっていた。島を訪れる人々と、入所者の方々との交流もなされ、入所者も地域に出かけ、講演活動をされていると知った。

それでもなお、偏見や差別が根強く、訪れた当時、百五十名余りの方が、園で生活されていた。

『小島の春』の表紙の地模様の青海波は、未来永劫へと続く幸せの願いと、人々の平安な暮しへの願いがこめられた柄と言われている。

島から見た瀬戸内海は、穏やかで、美しくどこまでもつながって見えた。

入所者の方々にも、同じように見えているのだろうか。

どれだけ願っても、自分の希望が叶えられずに、大きな力で望みを絶たれた過去の残酷な歴史を忘れることなく、誰にも等しく、希望につながる道があることを、願わずにはいられない。

前を向いて

大倉　麻衣子

私はいつだって前を向いて生きてきた。

隣の生徒が真夏の全校集会で倒れても。隣の生徒が泣きながら先生に頭を叩かれていても。どんな時も横で何が起ころうと前を向いてきた。何が起こっているか見ようとすると、大人は「前を向きなさい」と言うから、ただ従順に守ってきた。だから自分の人生は平和であり、それが上手く生きていく方法だと思っていた。大人になってもそう信じていた。それが「見て見ぬふり」だと気づくまで。

愚かだったことに気づいたきっかけは、自分が見て見ぬふりされたことであった。明らかに全て見えて聞こえる状態で、何十人もその場にいた人たちは、私の身に起こっていることを目の前に、まるで私が存在していないかのように平然としていた。

それは転職先で起こったことであった。念願であった職場と、住みたかった場所、期待を胸に新生活を始めた半年後であった。直属の上司も隣の席の人、前の席の人、皆が優しくて、職場環境には恵まれていた。仕事も早く慣れて全てが順調にスタートできていた。ただ一人の女性社員に気を使うくらい以外は。

そこでは一人、ほぼ全女性社員が恐くて苦手とする女性社員がいた。親切で世話焼きの同じ課の女性社員たちが業務を教えてくれる上に、その恐いと言われる女性社員のことまで教えてくれた。その女性社員は一部の男性社員たちとは仲がよく、その人たち以外は常に冷たくて態度で恐い。でも容姿端麗でいつも皆の目を引く。ランチは管理職の男性社員と出かけ、終業時刻はチャイムと同時に走るように帰宅し、必須業務以外厳しい言い方で断る。

彼女だけは私の歓迎会には来ず、挨拶のみの関係であった。同僚たちがロッカー室で教えてくれる彼女の情報はとにかくひどかった。だから極力関わらないようにしていた。

半年が経ち、飲み会の回を増すごとにプライベートの情報も少し分かり合う人も増えてきた中、一人の係長に違和感を覚え始めた。「地元の駅週末行ったよ、最近は帰ってる？」「自分の名前ネットで検索したことある？何出てくるかな？ＳＮＳかな？」「ふとん派、ベッド派？」職場での係長の質問はやめてほしいものばかりだった。徐々に飲み会やランチの誘いも何かと理由をつけて断るようになった。気まずい空気もある中、残業になってしまった日があった。室内にはまだ数人いたけれど、少しずつ帰っていく人達を見ると、二人きりになることに焦りを感じ始めた。そんな中
「たしか家近いよね？行っていい？俺の家まで1時間半かかるからしんどいんだよね」

笑いながら言ってきたが、冗談でもその発言は危険しか感じなかった。

「いやいや頑張って帰ってくださいね、私そろそろ終わるので」と苦笑いで返事をすると、

「住所分かるから大丈夫」

と係長は引出しを開いて私の履歴書を見せた。背中が凍りついた。一刻も早く帰らなければ。

「お先に失礼します！」

と、猛スピードでエレベーターも使わずいつもと違うルートで駅に向かった。

係長に苦手意識を完全に持ってしまった私は、ロッカー室で同僚に相談した。

「それってセクハラとかネットストーカーとかじゃない⁉気持ち悪い！」

自分がまさかセクハラにあっている？これってセクハラやネットストーカーになる？職場では上手くやってきたと思っていたから認めたくない気持ちも強かった。それもあって、何かされた訳でもないし、我慢していれば職場の空気を乱すこともないだろうと気にしないよう心がけていた。


気にしないようにしても、体は反応してしまう。

「五〇〇円玉より大きい円形脱毛症できてるよ！」

行きつけの美容院の店員が私の後頭部に円形脱毛症を見つけた。

過度のストレスと店員は言うが、心当たりは一つしかなかった。

何か手立てがないか最終手段として、係長がいない隙を見計い、普段係長を飛ばして話すことのない少し離れた課長の席へ向かった。

「彼は独身だから興味持っただけだよ。何も起こってないから気にしないで」

何か起こらないと問題として取り合ってくれない。

　それでも早めの異動をお願いできないか課長と話しているところを、部屋に戻ってきた係長に見つかってしまった。

「最近様子がおかしいと思ったらこういうことかよ！何話してんだよ！俺が何したんだ！」

　近づきながら机の上の物を片手に、手を挙げたまま近づいてきた。

　課長が震えた声で
「大丈夫ですから。落ち着きましょう」

と手で盾をしてなだめようとするが、私を睨み沈黙する。助けを求めて見回すと、誰一人こちらを見ていない。皆それぞれの前にあるパソコンの画面を見て、仕事の手を止めていなかった。唖然とするほど、何事もなかったように、ただ前を向いていた。

　一発近くの棚を殴り「覚えておけよ」と帰ってしまった係長。大声と大きな音が部屋に響いた。いつも騒がしい課なのに、やけに静かであった。この時私の頭の中は、なぜこの人たちは助けてくれないのか、おかしいとも思った。

しかし、その平然な空気を乱すなという圧が私に平然を装わせ、席に戻った。すると二、三人寄ってきて、

「今のやばいね！大丈夫？」

と、笑いながら心配をされた。やっぱり一部始終見ていたのか。

「見ていたなら助けてくださいよ！」

「課長補佐にいずれなる人だから無理無理」

それが見て見ぬふりの理由なのか。孤立無縁を感じた私は震えながら廊下に出た。

その瞬間、

「ちょっといい？」

と、事が起こった時に部屋にいなかったあの恐いと言われる女性社員にロッカー室に連れて行かれた。

「課内で何があったか聞いたわ。こんなの許せないわ、一緒に人事課に行きましょう」

彼女の声は優しさと力強さに溢れていた。怒りとショックに満ちていた私は、安堵に涙した。彼女に誤解していたことを謝った。

「ごめんなさい。実はあなたのことが恐くて話しかけたことがなかったけど、今はあなたが唯一希望を持たせてくれている。誰一人助けようともせず、まるで私が空気を乱す悪者のように、なかったことにするような空気を流していて」

「私がいたら録画していたのに」真剣に話す彼女は、自分の身の上話もしてくれた。

彼女の行動には理由があった。五歳の娘のシングルマザーで安定した収入の結婚相手が欲しいから就職した。ランチは節約したいから誘いは断らない。保育園の迎えで、帰りは終業時間と同時に速攻帰宅。夜は飲み会よりも子どもといたい。余計なことに耳を傾けたくないから、関係ない人に自分のことを話すつもりはないと。

彼女は言った。

「娘はね、私になんでもなんで?と聞いてくるの。理由を考えたとき、自分が間違っていたと気づかされることもあるの。恐れがなくて言いたい放題、欲に素直で諦めない姿に励まされるの。私がシングルマザーで、何か残念なことを言う人もいるけれど、自分が大事にする声だけをきいていればいい、自分が進みたい方向だけを見ていればいいと、そう生きていくと決めたの。それで幸せなの。そして娘には意志を持って、困っている人を助ける人になってほしいから、私もなりたいの」

私は自分の気持ちと違ったとしても周りの言うことさえ聞いていれば何事も上手く行くと思っていた。彼女のことを知らず、周りの言うことを鵜呑みにしていた自分を恥じた。

私はどういう人でありたいか考えて生きてきたのだろうか。彼女の言葉は、自分の心を見て見ぬふりしてきたことを気づかせた。

約三十年前、目の前のことを見て見ぬふりをしたことを今も鮮明に覚えている。

小学生の時、真夏の全校集会で、汗を流しながら気をつけをして校長の話を聞いていた。少しでも姿勢が崩れると先生に後ろから直され、横の生徒は倒れても先生が抱きかかえて校長の話を聞かせ続けようとしていた。「先生、座っていいですか」と何度も言っていたその生徒が口から泡を吹いて視点がどこかにいってしまっている姿に目が離せなくても、後ろから「前を向きなさい」と頭の向きを直される。他にも、隣の男の子が胸倉をつかまれて大声で「やめて」と泣いていても、叩くのをやめない先生。そんな状況を横に、前を向いて気をつけを続けていた私は無力だったのか、それとも無関心だったのか。

今はもう違う、本当の前を見つけたから。そして、次は私が誰かの希望の光になりたい。見て見ぬふりは時に決死の覚悟がいることもあるかもしれない。

正直、こうして文にするのも勇気が必要であった。それでも私は書きたい。もしかしたら一人でも犠牲になることを防ぐきっかけに繋がるかもしれないから。

私は進みたい、希望という前へ。

私の形を変えた半導体

森　竣祐

私は科学や技術に深い情熱を持っている。科学技術立国の日本が誇る研究の歴史、最先端のニュースに、感動を貰ってきたからだ。そのため、この国から素晴らしい成果が出ると、ますます嬉しく感じる。そして、私自身が研究の道へ進んだ過去を通じて、魅力的な成果は純粋な興味から現れることを知った。場所や時を選ばず、例えば有名ではない町や自然に囲まれた実験室でも、自分の研究へと一心になれる原動力さえあれば、チャンスはある。私にとっては、ある実験室で出会った半導体がそうであったように。一方で、様々な出来事を通して、最近では研究の問題について考える機会も増えた。そのような経験と個人的な想いを基に、これからの科学や研究に対して、私が抱く願いを書き連ねてみた。

子どもの頃、科学のトピックに触れるたびに私の心は躍った。新しい素粒子の発見、クローン技術の開発、次世代のエネルギー源となる素材や原料など、どの話も科学への興味を掻き立てるものだった。そんな私を見てか、理系の大学院卒である祖父は、夏休みに私を学園祭や見学施設へ連れていってくれた。同じような子連れの家族や学生たちが、模擬実験や講義の内容を楽しそうに見ていた。私だけではなく、多くの人々が科学の話に元気を貰ったのではないだろうか。そのような過去が私の好奇心を養い、高校生の頃には大学で理系へ進もうと決めた。

中でも、工学の進路を選んだきっかけは、化学の授業だった。鉄などの金属では原子が規則正しく並んでおり、美しい結晶となっている。そして、温度によって結晶の形が変化し、金属の性質にも違いが現れることに心から興味を抱いた。同時に私には、「どうしてここまで小さい原子の並びが分かったのか」という疑問も湧き上がった。その世界を知りたいという志から、私は工学部へ進学した。しかし、やる気こそあったものの、私は不器用で失敗だらけの学生だった。呆れるようなミスばかりして、「本当に仕方がないな」と何度先輩に助けられたのか分からない。怒られながらも、揶揄われながらも、何かを達成しようと夢中で奔走していた。ある日、私は太陽電池に使うための材料開発を目指していたのだが、その過程で思わぬ発見があった。今日も失敗だろうかと実験していたところ、作製した半導体が驚くべき現象を見せた。作ったときには透明だった半導体の膜が、温めると真っ黒に変身し、何とそれは原子の並び方が変わることで起きたのだと知った。つまり、私の半導体も結晶の形が変わったのだ。何の偶然か、高校の教科書に書いてあった面白い話が、目の前で同じように起こったことに感動した。これには、先生や先輩方も非常に驚いていた。さらに、目的だった太陽電池ではなく、その現象はメモリとして機能し、私の研究を新たな方向に導いた。実際に装置から得られるデータを前に、溢れ出す好奇心が抑えられなかった。帰宅後でさえ、恐らくは笑顔で結果を調べていた夜をよく覚えている。私は目の前のことに精一杯なありふれた学生だったが、そこには替えられない純粋さがあった。幸運にも恵まれ、その半導体から研究の素晴らしさを直接学ぶことができた。その思い出が、私の今を形作っていく。

山あり谷ありだが、あっという間だった。結果に引き摺られるまま研究にのめり込んだ私は博士課程に進学し、成果を積み重ねた。博士論文提出後には、日本学術振興会やフジテレビから、身に余るほど栄誉な賞を受けるに至った。その原動力は、高校までに培った科学への純粋な情熱だったと思う。私は挑戦することを躊躇せず、失敗することを恐れない研究者だった。そして、「夢中になっている時に、人は最大限のパフォーマンスを発揮できる」と実感した。研究者が魅力的な成果を出せる瞬間も同様だろう。私のような学生も称賛を受けられたのだから、夢中になれるということは尊いのだ。しかし、いつからだろうか、私の純粋さの中にはある憂いの感情が多く混ざり込み、悩み続ける時間が増えるようになった。

私の憂慮とは何か。「現代日本の研究開発と聞いて、その躍進を心から期待する人がどれほどいるのだろう」と疑問を抱いたのだ。今や日本の研究成果の質と量は、欧米諸国や中国を始めとする海外に水を開けられたと指摘される。その背後には、基礎研究に配分される予算問題や、若い研究者などの人材不足が垣間見える。また、ネット上で大学院進学や研究者を目指すリスクが過剰に表現され、メディアの影響が現代社会にもたらす功罪も見られる。このような状況で、科学に興味を持っている学生たちが、将来の進路に対して希望を持てるのだろうか、とも考えたのだ。

三〇代に差し掛かり、このような社会課題へ私は頻繁に意識を向けるようになった。博士号を取得し、その後国立研究所に進んだ私は、若年ながらも研究に携わる多くの人々と接し、その問題について詳しく考えてきた。そして、本来は自由な発想を大事にすべき研究が、社会の多くの制約によって抑圧されていると感じるようになった。安全や倫理観は重要といえ、何か問題が起きると次々にルールや制約が増える仕組みは、柔軟な研究活動と自由な探求を妨げる要因になる。さらに、これらは職員の業務を増やし、学生の指導や施設を管理する人材の不足と相まって、結果的に研究の質を低下させる。このような状況下で成果を求められると、判断力が鈍った挙句に事故や不正が起こる要因となり、さらに制限が増えるスパイラルに陥りかねない。そして、そのような状況を見た学生たちが研究から一層遠ざかることは必然的だ。日本では、博士号がキャリアの強みとなりづらいことも多く、将来を不安視する傾向も問題である。そのような憂いや懸念を、私は頭の中で並べてしまうようになった。

いつの間にか、私は研究に夢中な自分ではなくなってしまった。それは、研究者を取り巻く社会課題を意識したというだけでなく、年齢とともに人生の様々な問題に直面したことも関係あっただろう。私には乗り越えなくてはならない課題がたくさんあり、時にはそのような自分に嫌悪感を抱くこともあった。それでもふと、私のこれまでを振り返ると、いつの日か出会った、あの実験室の半導体のことを思い起こす時がある。結晶の形を変える、不思議な半導体だ。その回顧を繰り返すうちに、希望を失わずに何とか踏み留まりたくなる。私がそうであったように、「純粋さを持って今日も働く研究者が、希望を失わない世の中であって欲しい」と思うのである。冒頭に述べた通り、科学が好きで、日本から成果が出て欲しいという思いが根底にある。その信念のために、周囲が変わるにはどうすれば良いのだろうか。自分で考えるだけでは仕方ないので、機会がある度に、身の回りの研究者以外との場にも私は参加することにした。同世代の連合会、政治家への意見、アカデミアの有識者との議論、様々な業界や会社で励む知人との交流など、幅広く周囲の声に触れるように努めてきた。まだまだ道の途上ではあるのだが、広く社会を俯瞰しながら、課題の解決に近づいて行きたいと思う自分に変わってきた。

正直に言えば、まだ若干三〇歳手前の私には明確な答えが無い。それでも、私の記憶にある純粋さが、あの実験室の半導体が私の支えとなっている。「自分には何ができるのだろうか」と前を向いてみる。現代の科学は、複雑に絡み合う社会課題や細分化された専門分野が関係している中で、未来に向けてどのように生きるべきか考えなくてはならない。そこで、新しいチャレンジとして、研究とは別にアナリストの仕事を私は開始した。科学に関するビッグデータを解析することで課題を捉え、研究者や技術者のより良い社会づくりに貢献できると信じている。人々が未来へ一心に研究でき、社会課題に真っ直ぐに向かっていける世の中であって欲しい。そして、私たちの背中を見る世代が、科学への情熱を失わずに将来を選択できるように、自分の努力と歩みを新たに進めてみたい。私の次なる希望ができた。

ただ、これらを私だけの想いとして考えたくは無い。研究成果に限らず、一人で何かを達成するのは困難だ。物事を進歩させるためには、多くの人々との関わりが欠かせない。異なる背景や視点を持つ人々との会話を通じて、問題解決へと真に近づけるのだと思う。この文章が一人でも多くの人に読んでいただける機会があったとして、自分の意見に共感し、話し合ってくれる人々と出会えたらこの上なく嬉しい。そして、日本中の何気ない場から生まれた純粋な発見たちが、将来的には世間を駆け巡って、私たちの手元に届く瞬間を見てみたい。決して、私が開発したものでなくても構わない。もちろん、それが半導体ではなくても大歓迎だ。「その時はきっと、研究を取り巻く日本社会の形も、より良い方向に変わっているのではないだろうか」という願いを胸に今日も科学と向き合う。今後の活動が、私は楽しみになってきたのである。

人生を面白く生きる秘訣

川田　美穂子

実家で一人暮らしをしていた母に、認知症の症状が表れたのは八〇代の中頃だった。私は週に四回、手作りの夕飯や必要なものを用意して、夕方通うようになった。我が家から母の家まで、電車と徒歩で片道約四〇分。自分で立ち上げた仕事を続けながら、通い介護は二年続いた。

自宅で転んで大腿骨を骨折し手術入院したのを機に、母は退院後我が家に移り住んだ。その後母が亡くなる迄の五年間、兄はいても私の在宅一人介護になった。母の認知症が進み、介護認定が三から五に上っていく中で、私の生活は大きく変わった。自分の行動や自由になる時間が大きく制限されて、仕事を続けるのは無理になったのだ。仕事で渡米したり、国内各地に出張したりしていたのに、映画を見ることすらままならなかった。

介護当初は自分の人生が終わったようで悲しかったが、やがて母の最晩年を幸せなものにしようと、心に折り合いをつけ介護に専念した。

母が杖を突きながらも歩けたり、車椅子に乗せられたりした頃は、天気が良い日は散歩に出かけた。七〇年近く生け花を教えてきた母は、花を眺めるのが好きだった。散歩中にどれだけ多くの花を見つけられるか、そんなことを目標に歩いていると、何だか二人一緒に幸せ探しをしているような気分になった。

母の認知症は進行して、三年後には私の姿が見えなくなると、私がそこにいたことも記憶に残らなくなった。満開の桜を眺めて喜んでいても、花を背に車椅子の向きを変えると、桜のことは忘れてしまった。しかし、きれいな花を眺めている時、或いは美味しいものを食べている時、母は満面の笑みを浮かべて嬉しそうだった。ということは幸せな一瞬を日々多く作れば、母はより幸せになれるのだ。私は幸福に生きる秘訣を、母の介護から学んだ。意外なことに、どんなに認知症が進んでも、介護をしているのは兄ではなく私で、それによって私の仕事ができなくなった事実を母は決して忘れなかった。

母が亡くなる二週間前の朝だった。私はいつものように朝食を用意して母の部屋を訪れた。その頃は寝ている時間が増えて、起きている時でも私との会話はほとんど成り立たなくなっていた。私が部屋に入ると、母は突然目をパッチリ開けて、しっかりした口調で話し始めた。「あんたには最後の最後まで世話になったねえ。」「育ててもらったから、今度は私がお母さんを世話する番なのよ。」母の言葉に戸惑いながらも私は答えた。母はさらに言葉を続けた。「いいや、あんたはそれ以上のことをしてくれたよ。どうやって恩を返してよいか分からない。」私が仕事を続けられなくなったのを、母が気にしていたのを分かっていたので、私はおどけながら「美穂ちゃんは賢いのよ。だからいつだって仕事に戻れるから心配しないで。そうだ、私が幸せでいられるように祈ってね。」「いつも祈っているよ。いつだって祈っているよ。」母は二度繰り返すと再び眠りについた。信じられない出来事だった。まるで神様から素敵なご褒美をもらったような幸せな気持ちになった。

母はその二週間後、いつも通りに朝を迎えて、私が部屋を離れていた昼過ぎ、静かに旅立った。介護で明け暮れていた生活が予測なしに終わり、私は突然自由の身になった。しかし心にぽっかり大きな穴が空いたようで、以前の仕事に復帰しようという意欲は湧き上がってこなかった。

気持ちを一新させるべく、三か月に渡って米国を一人で旅したり、茶道のけいこに打ち込んでいろいろなお茶会に出席したりもしたが、何をしても心から楽しんでいる感覚はなく、本来の自分には戻れていない思いが常に付きまとった。外目には明るく過ごしているように見えたであろうが、恐らく介護後の鬱症状も長期に渡り出ていたのかもと、今当時を振り返って思うのである。

母の介護を終えた時、私は六二歳だった。その後同居していた娘がマンションを購入して引っ越したので、私は一人暮らしになった。どうしたらワクワク感のある日々を過ごせるのか、焦りにも似た気持で興味を持てそうなものをいろいろ試したりしているうちに一〇年の歳月が流れた。

そんな私に大きな転機をもたらしたのは、コロナ禍であった。世界中にコロナが蔓延し始めた時、日本では不要不急の外出が自粛されるようになった。自宅で過ごす時間を有効活用してやれるものは何かと考えた時、ふと思い付いたのが、日本文化を英語で発信するユーチューブ動画の制作だった。その頃の私はユーチューブという言葉は知っていても、ほとんど見たこともなく、動画撮影を含めて技術的な知識など皆無に等しかった。しかし、何か面白そうなものを見つけると、どれだけ難しいかは深く考えずに、とりあえずやってみようと行動に移すのは生来の強い好奇心からであった。

母を介護する前、私は国際交流団体を立ち上げて、事業の一環として、アイデアとやさしい英語で日本文化を外国の人に楽しく紹介する方法を日本人に指導する講習会を東京や大阪などで開催していた。手作りした立体仕掛け紙芝居や教材を会場に持参するので、地方に行く時は結構荷物が重く一苦労だった。自宅で動画を作成すれば、そんな思いをしないで済むのである。私は楽観的に考えた。そしてかつて組織を一緒に設立した友人にお願いして、動画作成の技術を一から教えてもらうことにした。折り紙、昔話、俳句、日本語など、講座で実演してきたものは覚えているので、技術を習えば動画はできると単純にとらえた。まずはカメラで動画を撮る方法を学び、自室で自ら動画の撮影をすることから始めた。

ユーチューブを公開し始めた当初は、撮影した動画の編集や、ＢＧＭを加える作業などの仕上げは友人に任せたり、手伝ってもらったりしていた。しかし忙しい友人を煩わしたくないのと、「自分で色々な技術ができると、動画の質を上げられるよ。」と友人に励まされたことで、俄然やる気が出て、私の技術は急速に向上した。

動画で公開できる内容がこれまでの講習会で蓄積したものでは足りなくなってくると、私は様々な日本文化に挑戦するようになった。かつての講習会では、「やさしい英語で日本文化を紹介する方法」がコンセプトだったので、あまり難しい内容は取り扱わなかった。しかし、私の動画を見る対象を、世界中の日本文化に興味を抱く人と広く考えるなら、題材は限りなくあった。浮世絵、北斎、伊藤若冲、万葉集、古今集、新古今集、芭蕉、一茶、蕪村、子規、徒然草、枕草子、方丈記など、古典物に次々と挑戦していく過程で、私は日本の古典と歴史に格別深い興味を覚えるのを知った。好奇心、向上心が強く、クリエイティブなことが大好きな私に、ユーチューブ作成は退屈することのない遊びのようなものになった。

動画作成と同時に私は英語のフェイスブックも始めた。英語を上達させるには、絶えず英語に触れる環境に身を置くのが最も効果があるのは、それまでの経験から学んでいた。自分が住んでいる東京の身近な場所、年中行事、食べ物を中心に、記事を書いては週に数回投稿した。フェイスブックのお陰で私のフットワークは軽くなり、それは住み慣れた自身の街や日本文化の再発見にもつながった。

動画とフェイスブックを始めて四年近くになる。フェイスブックのフォロワー数は一一〇〇名を超え、動画の登録者は一五〇〇名位になっている。予想外だったのは、どちらの媒体からも良い友人を多く得られたことだ。特にフェイスブックでは、観光で来日する人たちと実際に会って、都内を案内したり食事を楽しんだりする機会が何度もあった。海外でも、昨年一人旅をしたフランスでは、パリで友人夫婦と食事を共にした。自宅にいながら世界中に気の合う友達を作るという、かつては夢だったことが、今では可能の時代になったのを実感している。

母が亡くなって一〇年近く、暗いトンネルにいるような気持ちだったのが今はウソのようだ。月日が経つことで、徐々に気持ちが前向きになったこともあるだろうが、それに加えて、良い刺激になったのは私の心に息づいている母の言葉である。認知症が進もうと、母は訪れるどの訪問ヘルパーさんにも、「娘はとても頭がいいの。すごいのよ。」と毎回私を褒めちぎった。子供の頃の母は、私をそこまでは褒めなかった。〝母があんなに褒めてくれたのだから私にはできる。母は私の幸せをいつでも祈っているから、絶対に大丈夫〟そうした母に対する私の思いが、お守りのように、意欲を後押しするのである。幸せな一瞬を日々できるだけ多く作ること、母に心掛けたことを、私は今の自分に実践している。好奇心、向上心を失わなければ人生はいつまでも面白い。これを指針にして、私はこれからも新たな挑戦を続けていきたい。

第三章　行動と内省から

一杯の珈琲から♪

二十三歳の時、後天性の障害を持った。生きる希望を見出すことが出来ない中で、就労移行支援事業所へ通所をはじめる。その近くに喫茶店を見つけ入ってみると…。僕は自分の可能性を少しずつ広げていくことになる。

一三歳という転機

初めて食べたバナナは、都会人となった叔父の土産。貧しい農村で生まれた私は「都会に出よう」と目標を持つ。当時の故郷での女性の大学進学率は一％に満たない。中学でトップに登るが、一三歳の時に突然勉強が手につかなくなる。再び心に光が点り始めたのは…。

いつか隣人の役に立てるなら

退職後に母の「介護」が始まった。介護の苦労を実感する中、認知症も加わり、私は心身ともに疲弊していく。久しぶりに訪ねてきた娘と母との関わりから、母自身も認知症になったことを悲しんでいることに気づく。「母さんの仕事はね…」語りかけ方を変えた先に、少し光が見えた。

食べる喜び、「希望」への扉

小学校卒業目前発症した摂食障害。この病気を患ったことで気づけた考え方がある。このままでいいと思っていた当初、希望を持ちはじめ、栄養の持つ重要性も噛みしめている今。そして私は、手放すべき自分と愛すべき自分と向き合って希望に満ちて進んでいく。

温かい手に導かれて

生後間もなく難しいアレルギーと分かった孫息子のY。保育園から現在に至るまで、夏でも外出時は長ズボン長手袋。我慢も多い中、友人に支えられ小学一年生のYに夢ができた。時は流れYを鬱屈とさせる出来事が続く。そんな中、ある先生の温かい手の優しさがYの力になる。

一杯の珈琲から♪

西川　直毅

僕は障害を持っている。双極性障害と呼ばれる障害だ。後天性の障害で、僕は二十三歳の時にこの障害を持った。だからもう、まる九年も障害とともに生きていることになる。双極性障害というよりも躁うつ病という方がなじみがあるかも知れない。躁状態とうつ状態を繰り返すこの病気になってからも、なる前も僕はなかなか生きる希望を見出すことが出来なかった。

今から五年ほど前、何度か試みた社会復帰が成功せず引きこもった状態に近かった。その時に両親が就労移行支援事業所に行ってみてはどうか、と言った。まずは生活リズムを整えて働く準備をするところからと考え、その事業所に通所することになった。そこに通い始めて半年ほどした頃、事業所の近くに喫茶店があることに気が付いた。

その場にそぐわないどこか静かな、でも堂々としたたたずまいのそのお店に入ってみると動物園のゴリラの話を延々する女性のオーナーさんがいた。

はじめは月に一度くらいから通い始め、有機野菜を販売する八百屋への就職が決まった三年ほど前から毎日のように通うようになった。

そんなある日のこと、オーナーさんが僕に言った。

「なおきさん、珈琲を淹れてみませんか？」

突然の提案に驚きながら、僕は二つ返事でオーナーさんからポットを借りて握っていた。カウンターだけの店内でカウンターの上に載せたコーヒーカップにフィルターと豆をセットして自分で珈琲を淹れた。

「上手な人が淹れているように見えるね」

オーナーさんはそう言ってから少し技術的な指導をしてくれた。お世辞を言わないオーナーさんに褒め言葉をかけられたからか、僕はその日から毎日珈琲を自宅で淹れはじめた。ざっくりと言うとその気になってしまった。

元々、僕の家族は家族の誰かが珈琲を毎朝淹れるような珈琲が好きな家族だったのだが、その役割を僕が一手に担うようになった。時々オーナーさんに「珈琲淹れる?」と聞かれるようになって、オーナーさんがレクチャーと呼ぶこの講座は本格化して行った。

そして洗い物を手伝うことがきっかけで珈琲をカウンターの中で淹れさせてもらうようになったのが一年少し前。そこからレクチャーは熱を帯び、僕は時々お店の手伝いをしながら珈琲の技術指導を受けるようになっていった。お店で珈琲豆を買って珈琲を自宅で淹れ、お店に行ってはオーナーさんの休憩中に飲む珈琲を淹れさせてもらう。それが当たり前になってしばらくした去年の秋のはじめに僕はあることに気が付いた。

それまでと言えば僕は生きることに希望を持つことが出来ず、死にたいとか消えたいといったことをなんとはなしに考えていた。道を大型トラックが走ればああここに突っ込んだら死ねそうだなと思ったし、電車の駅のホームで特急が通過するとなればここで飛び込めば死ねるなと思った。

それくらい死が間近にあった僕に起こった変化はただ明日を楽しみに思う気持ちだった。ああ、早く珈琲を淹れたいな。明日も珈琲を淹れたいな。そんなことを思ってその秋のはじめの夜にウキウキしている自分を見つけたのだ。それに気が付いた時の感動はすさまじかった。あんなにも死にたいと思っていた、消えたいと思っていた自分に珈琲を淹れたいという生への強い衝動が生まれていることに心の底から感動したのだ。

生きることへの希望、活力、そういった類の感情が自分自身から生まれて来たことがその時の僕にとってとてつもない収穫だったのだ。

珈琲に触れていて面白いなと思うことがいくつかある。ひとつがオーナーさんの口にした「珈琲にはウソをつけない」という言葉だ。

珈琲を淹れる作業はとても繊細というか、かなり細やかな作業になる。オーナーさんはお客さんに珈琲を淹れる時、お客さんから話しかけられても全くと言っていいほど珈琲から視線を逸らさない。珈琲豆の動きを見て、感じて、それに合わせてお湯を注いでいくのだと何度も教えてもらった。珈琲豆を観察して、それに応じて自分自身で注ぎ方を臨機応変に変えていくことになる。つまり自分自身の精神状態がはっきりと結果として出てしまうことになる。だから「珈琲にはウソをつけない」のだ。

珈琲はこの淹れ方をすれば必ず美味しい珈琲が入るという淹れ方が存在しない。万能な解答はおろか模範解答さえ存在しない。珈琲に集中して珈琲と一体になるくらいに珈琲豆の動き、呼吸を感じなければならない。そう、珈琲豆も呼吸をするのだ。お湯を注いでしばらくするとお湯を吸った珈琲豆の表面がプクプクと泡を立て、珈琲豆の中のガスを吐き出す。その様子は本当に珈琲豆が呼吸をしているように見える。

またオーナーさんにこんなことを言われたこともある。「なおきさんは失敗したらどうしよう?と思いながら珈琲を淹れている時があるよね。失敗したっていいじゃない。引っくり返したりすることも経験。恐る恐る珈琲を淹れたら珈琲にも出るよ」

先述の「珈琲にウソはつけない」の最たるものがこのオーナーさんの言葉であると僕は思っている。その時の感情、気持ち、体調、様々なものがそのまま珈琲には出てしまう。だから自分なりの美味しい珈琲を淹れられるかどうかは自分の心身の健康のバロメーターと言えるかも知れない。

ここまで僕自身の珈琲との出会いや珈琲に対する思いを書いてきた。ここからはその珈琲を通じて何を表現したいのか、自分自身がどんなふうに生きて行きたいかを書いていきたいと思う。

僕にとって一杯の珈琲を振り返るとしたら、間違いなくオーナーさんにお店で淹れさせてもらったはじめての珈琲のことだ。それが僕にとって何かのはじまりで、僕は珈琲というものに希望を感じてそれにのめり込む内に自分自身の絶望のようなものをゆっくりと解消しつつある。とは言え、やはり九年も心身が思うようにならない生活が続いていると心の底で色々なことに制約を作って制限を自分自身にかけてしまって色々なことへの挑戦をしない自分というものが出来上がってしまっている。

だから今後の僕自身の生き方というか、ライフスタイルの目標としては自分で狭めてしまった可能性を少しずつ拡げていくことになる。そのひとつとして、最近周囲に公言していることがある。今、僕は実家に住んでいる。軒先に少しスペースのある一戸建ての家だ。その軒先を利用して珈琲屋さんをやりたいと思っている。そしてそれを実現するためにまずは土地の権利がどうなっているかを父親に確認することからはじめた。小さな一歩かも知れないが、こうして一歩一歩と続けていくことが自分の希望を紡いでいくことになるように思う。

そしてもうひとつ。僕の名前は直毅という。直毅というのは元々真っ直ぐ強く生きてほしいという両親の願いが込められた名である。

しかし、僕自身真っ直ぐ強くは生きて来られていない。たくさんの挫折を経験し、生きることが嫌になり、障害までも患って。そんな自分が嫌で嫌でしょうがなくて、名前負けしている自分が嫌で名前までも嫌になっていた。

そんな折、ふと思ったことがある。僕の「毅」は気持ちの気を表す文字だ。それも荒ぶる気。その気を直す、と自分自身の名前を捉えた時にすごく楽になったのだ。まだ名前に縛られている自分がいるが、名前負けしていない部分を感じた。

僕は今後そこを珈琲を通じて表現していきたい。そこ、というのは何を指すかと言うと人の気を直すという部分である。僕が一杯の珈琲から生きる希望を持ち始めたように、僕の淹れる一杯の珈琲が誰かの希望になればいいなと思う。

ありがたいことに今、事業所で珈琲豆を用意していただいて珈琲を週に一度程度淹れさせてもらっている。基本的にスタッフの方たちに飲んでもらっているが、その内の一人のスタッフの方は珈琲が全く飲めなかったという。僕の珈琲を飲んで、初めて珈琲が飲めたと喜んでくれた。それ以来、とても珈琲を楽しみにしてくれている。

それは一例だが、僕の珈琲が誰かの気持ちを和らげて自分自身を慈しめるような時間を過ごせるものになればいいなと思っている。

人の気を直すと言うとおおげさなようにも思うが、少しホッと出来るようなどこかでがんばったあとに帰って来たい空間づくりのようなものをしたいのだと自分では思っている。分かりやすい言葉で言うと自分自身が一杯の珈琲から希望を抱いたように、僕の淹れる珈琲が誰かの希望になればいいなと感じている。

今でも少なくない人数の人が生きることを自分から放棄している。自殺という道を選んでいる。それだけでなく、生きている人にとってもいいことばかりでないツラいことが多い時代だと思う。そういった人たちに僕が一杯の珈琲から生きる希望を得たようにこの世界に留まる些細なきっかけを得たり、少し心のよりどころを得たりするような経験が生まれてくるといいなと思っている。

僕はただ美味しい珈琲が淹れたい。とことん自分が美味しいと思える珈琲を淹れたい。

一三歳という転機

李 孰《しゅく》是《せ》而《に》

叔父が土産を持ってきた。

見たことのない果実だ。

促され、私はかじってみた。

歯が果実に食い込んだ瞬間、ブチブチと固い繊維がちぎれる音がする。口の中には苦みが充満し、青臭さが鼻まで抜けた。思わず私はむせび、果実を吐き出した。それが私にとって初めてのバナナ。六歳の時であった。

私の故郷は、貧しさがしみついた場所だった。中国のとある農村。そこは薄い空気と乾いた土が広がる場所だった。地平線にあるものと言えば、まばらに生える木立と土壁の家だけ。作物は収穫を出し渋り、山から吹く冷たい風音《かざおと》が悲しげに響き渡る。そんな所だった。

その状況が変化し始めたのは一九八〇年代。改革開放の風を受けて、叔父は事業という帆を張り、我々の家族とは全く違う生活をする都会人となってからだ。

幸せそうな叔父の背中を見て、私は子供ながらに悟った。

——都会に出よう。

皮を剥くことを知らずに食べたバナナ。それは私に新しい目標を与えてくれた。

都会に出る唯一の方法、それは大学進学だった。ただ当時の中国での進学率は僅か二%、女性は一%に満たない。狭き門をくぐり抜け、ケシ粒ほどに小さい幸運を掴み取るしか方法はなかった。でも、私はそれでも構わなかった。

自分の力で人生を切り拓きたい。そしてもっと自分らしく生きたい。その日から私は勉強に打ち込む決心を固めた。

村にあった書店は小さい。店頭に参考書は並ばない。そのため授業をマスターするには教科書を何度も読み直すしか方法がなく、先生の解説は全て書き写すことに決めた。「全部聞き取れた？」と担任が尋ねたので「全部聞き取った」と意地を張った。先生は私のノートを確認して、聞きそびれた所を赤鉛筆で書き添えてくれる。
イヤね、全部書けたのを喜んでほしかったのに。褒められなかったのに。あら探しされ面目を潰された私は、つい下唇を突き出した。そして質問が終わる頃には、職員室の窓の外は決まって夕暮れに染まっていた。
その後私は学年でトップとなった。朝礼で校長から表彰され、演壇に上ると全校生徒の羨望を一身に浴びる。経験したことのない多幸感が沸き、壇上から降りた後もその後味に酔いしれていた。

その翌日、朝起きて何かを忘れていることに気付く。そうだ、予習をしなくては。さっそく机に向かったものの、自分の異変に気付いた。

——教科書を開きたくない。

手の平をブラブラと振り、肩の力を抜く。そして勉強に取りかかる時の儀式を行ってから再度机に向う。

それでも、勉強が手につかない。いつもは、表紙を見ただけで教科書に手が伸びる。開きたくなる。しかし何かが私の気持ちをふさいでいるのだ。

「まあ、こういう時もあるさ」

思い直したが、その後も開く気になれなかった。翌日も、そしてその翌日も――。

机に向かえず、腕組みのまま部屋の中をグルグル回る毎日が続く。次の試験まで時間がない。段々と自分に腹が立ってくる。

すると声が聞こえてきた。心の声だ。

「まだ時間が必要なの」

そんなことは重々承知しているじゃない。私の感情が詰問する。

「じゃあいつ元気になるの！明日？」

心は何も答えない。無理に教科書を開いたが吐き気を催し、翌日髪の毛が抜けた。

いたたまれない。絶望が体に染みてくる。恐怖を感じた私は、逃避という毛布をかぶってうずくまる。

机には、宿題が置かれたままであった。

次のテストは、一気に十数番も成績を落としてしまった。この中学で大学に進学する生徒は片手で足りる。大学に行こうという淡い夢。だが「そんなものにはなれない」と成績順が教えてくれた。

周囲の冷たい視線、級友の嘲笑。私の足は次第に教室から遠のいていった。

そんなある日、学校に行けない私は自宅でラジオを付けていた。灰色の空、心も体も鉛のように重い雨の日のことだった。

ラジオは朗読の時間になった。

今日は「藤野先生」。これは魯迅の作品で、心が折れかかった主人公が、藤野先生にめぐり会うという内容であり、ベッドで突っ伏していた私の耳に朗読が静かに寄りそってきた。

主人公の苦しみ、焦り、そして悲しみ。まるで自分のことを話してくれているような不思議な感触。そして朗読はこのように続いた。

――「書き取れますか？」という先生の問いに、私は「書き取れます」と意地を張り、筆記したノートを差し出した。

すると藤野先生は数日後にノートを返してくれた。ノートは最初から最後までビッシリと朱筆で添削されていた。多くの抜けた箇所が書き加えられているばかりでなく、日本語の誤りまで一つ一つ丁寧に直されていた。

どこかで聞いたフレーズ、私はにわかに耳をそばだてた。この状況で魯迅はどのような反応をしたのだろうか。するとラジオはこのように続けた。

――ノートを開いた私は言葉を失い、その場に立ち尽くした。そして胸が熱くなると、感激の涙が頬を伝った。

その言葉に私は身震いした。

しばらくものが言えなくなった。

同じ状況にあった私は先生に不満を感じていた。それは自分のメンツしか考えていなかった。ところが魯迅はどうだろう。彼はその瞬間に、強い感謝の気持ちを抱いた。そして藤野先生へ一生涯にわたって敬愛の念を捧げたというのだ。それに比べて私は先生に対して口を尖らせるだけだった。私は愕然とするしかなかった。

自分は高い志を抱いていた。そしてそれを実現しようと意地になって孤軍奮闘を繰り返していた。そのためいつの間にか、他の人から世話を受けながらも、それを感謝する気持ちさえも忘れてしまっていたのか。

いや、遅くない。まだ遅くはない。支えてくれた人たちのために、今度は私が皆のために頑張る番だ。

そう決意した時、ふと何かを思い出した。本棚で幾つかの本のページをめくり続けると、私の網膜に「藤野先生」という文字の残像が一瞬残った。

これだこれだと、その本を取り出してみたら、それは何と自分の教科書だった。そして、教科書を開いたにもかかわらず、私は気分が悪くならなかった。

朗読の時間が終わる頃、空には薄日が射していた。雨は止み、世界は色を取り戻し始めていた。そして私の心に再び光が点《とも》り始めたのである。

その後、私は大学に合格した。それだけでない。魯迅が学び、藤野先生が教鞭を執った東北大学へも留学できた。

考えてみれば、中学生だった一三歳、あの時が私の人生の転機であった。あの時に魯迅に出会わなければ、「藤野先生」を耳にしなければ、現在の自分はなかった。

東北大学を卒業後、私は文部科学省の国際交流員に採用され、福井へ赴任するよう通達を受けた。福井は藤野先生の故郷であり、赴任してすぐ私は現在も残る藤野医院を見学に訪れた。

藤野先生が勤務した医務室には、先生が使った色とりどりの薬瓶の傍らに、幾つかの書類が残っていた。中には学生のレポートもあり、藤野先生の朱筆の跡が残っていた。魯迅に添削したそのままの筆跡を眺めながら、私は目に見えない不思議な縁《えにし》を感じていた。

そして現在、私は日本の高校で中国語を教えている。

授業では、ヒアリングのテストもある。私が中国語を読み上げると、生徒達は机に向かい必死に中国語を書き取っている。

「書き取れますか?」と私が生徒に尋ねると、生徒は「全部書き取っています」と答えた。自信に満ちたちょっと意地っ張りな表情だ。

それを見た私は、ニッコリと笑って、さっそく赤ペンを用意した。

いつか隣人の役に立てるなら

板垣　嘉彦

人生百年時代といわれる長寿社会は介護の問題をはらむ。働き盛りの子世代にとって他人事ではない喫緊の課題だ。私も親と同居し、介護する一人である。「介護」を始めたのは退職して三年目の秋だ。当時の私は、週三日勤務、四日休日という緩やかな時間を満喫していた。

定年退職後の五年間を仕事からフェードアウトし、その後の人生の準備期間に当てようと、あれこれ画策していた時期でもあった。だから、私のスケジュール帳に「介護」という文字はなかった。

一人暮らしの母が二週間の入院生活を送った。退院後、しばらく休暇を取得し、身の回りの世話をすれば大丈夫だろう。すぐ以前のような生活に戻れるだろう。何の根拠もなくそう思い込んでいた。

しかし、退院後の母は食事の支度が困難になっていた。衣服の脱ぎ着に手間取った。覚束ない足取りでつまずくことも多かった。急に年老いたように感じられた。「介護は突然やってくるよ」と言った介護経験者の友の言葉が蘇った。

主治医に相談した。

「日常生活に支援が必要な状態ですね」

初めて「介護」を意識した。

現実を受け入れなければならない。母の住む家と我が家はおよそ五〇キロ離れている。母の住む家で同居することにした。「三日間仕事を頑張れば、四日間は休みだ。何とかなる」と思った。勤務日には近所に住む叔母に介護を依頼した。名実相伴う「息子介護」の生活に入った。

覚悟を決めたつもりだったが、現実は厳しかった。気付かぬうちに仕事と介護で心身ともに疲弊し、母への接し方にゆとりがなくなった。老々介護となる叔母にとっても、先の見えない介護の気苦労は大きく、負担感が増しているようだった。母もまた慣れない介護をする二人への気疲れもあり、不安定になることが多くなった。

このままではみんな潰れる。自分がすべてを引き受けよう。離職を決意した。そして、母のために何ができるか考え、支援しようと考えた。

「よくやっているなあ」という周囲の声に応えようと思った。「介護」への義務感と責任感で肩肘を張っていた。一人で「介護」を抱え込んでいた。そのことに気付かぬまま月日が経過した。

行動の遅い母を待ちきれなくなった。意思の疎通が思うようにいかないことが増えた。つい強い口調でたしなめ、指示し、母を追い詰めた。自分の苛立ちをぶつけて随分傷つけた。後悔し、眠れぬ夜を過ごした。母と二人だけの生活は窮屈になり、互いの逃げ場がなくなっていた。

「介護」とはこんなにも辛いものなのだろうか。余りにも苦しくなり、役所に相談に行った。包括支援センターを紹介してもらった。とりとめない困り感を吐き出し、救いを求めた。すると、とんとん拍子に事は進み、ショートステイの利用を勧められた。その場で手続きも終えた。

数ヶ月ぶりに母と離れ、自分の時間を持てた。ショートステイの活用で、自宅介護という「緊張」と、自分の時間という「弛緩」のサイクルができた。徐々にゆとりをもって母に接することができている自分を自覚できた。

それから二年が過ぎ、母は要介護1から3へ。認知症も加わった。

「大変だね」と言われることも多い。確かに移動や食事、衣類の着脱の困難に加え、入浴や排泄などの支援は大変だ。少し目を離すと、自宅にいながら迷子になる。トイレを探し右往左往する。間に合わず汚すこともある。指示も理解できなくなった。

だが、本当の大変さはもっと別のところにある。

何度も何度も同じことを問われ、その都度同じことを答え、教え、諭す。認知症からくる譫妄や繰り返しの言動一つひとつは些細でも、次第に目につき、気に障ってくる。負担感が増幅してくる。そういう日々の積み重なりが、やがてボディーブローのように効いてくる。すると介護に義務感が伴い、大変だと思うようになる。

自分の場所と時間を確保し、気持ちをリセットしようと二階の自室に行く。すると、ガラガラという戸の開け閉めの音、ガサゴソと棚から物を引き出す音が響いてくる。「おおい、どこへ行った？」と私を探す声も聞こえてくる。一人になると不安になるのだろう。もはやどこにいても自分の空間でも自分の時間でもなくなる。

介護とは本人の自立を支援する営みだと思う。母が母らしく生きられるように、私ができることを手伝おうと考えて始めた介護である。

最初の頃の介護は、身体の衰えを補助し、機能の維持・回復を支援することが主だった。本人のできることを確かめ、できた喜びを共有できた。それが私を支えた。

認知症の介護はまったく別物だ。昨日教え、諭し、したことを、録画の再生のように今日も繰り返さなければならない。

譫妄による様々な症状は、病気由来だと頭では理解している。それなのに感情をぶつける自分がいて情けない。共に喜ぶことも悲しむこともできない。トンネルの出口が見えない。それが認知症の人の介護だ。

正月明け、三年ぶりに娘がやって来た。一日中椅子に座っている母に、「ばあちゃん、奈々だよ。寒くない?」と手を取り、声をかけていた。すると、「ありがとね、大丈夫だよ」と満面の笑みで話をしている。そのうえ「いつもごちそうを作ってもらっているよ」と、私を紹介している。

娘はあるがままの母を見て話しかけている。「伝わっているのだなあ」と思った。認知症の症状が頻繁に見られるようになった母を、「何も分からぬ人」と決めつけていた。他人行儀な丁寧語の母の声が空しく聞こえた。

息子からさえ、そのように受け止められている母の悲しみに気付かなかった。私の偏見と先入観による残酷さにも気付かないまま過ごしてきた。

確かに母は「何も分からなくなった」とか「何もできなくなった」と口癖のように言う。それは、いろいろなことが分からなくなった自分を分かっているということだ。分からなくなった自分を悲しんでいるということだ。

大変なのは母なのに自分だけが大変だと思っていた。母は私の鏡だった。「大変」を作っていたのは自分自身だった。

母と娘のやりとりを目にして、あるがままの母をそのまま受け入れ、母らしく最後まで暮らせる介護をさせてもらおうと思った。

他者から存在を認められ、感謝されることは人間の自然な欲求だ。その欲求を満たすことが母の喜びに繋がる。また、母らしく生きることにも繋がる。

認知症の母は、「ありがとう」と誰かに言うことは多いが、誰かから言われることはない。だから、食事のときには、「全部食べてくれてありがとう」と、私が「ありがとう」を伝えることにした。すると、少し表情が緩んだように見えることがある。「母さんの仕事はそうやって笑うことだよ。笑ってくれてありがとう」と続けてみた。

正直、話しかけたことが常に通じているとは言いがたい。ただ、日々の生活に自分の役割があって、母が自己有用感や有能感を感じる瞬間があればうれしい。

そんな期待感の向こうに、少し光が見えたような気がした。

人の経験は多種多様である。それぞれが唯一無二である。母と娘の姿が、自分と母との関係を振り返るきっかけになった。これまでの私は、自分の都合に合わせ、ただ母を変えようとだけ考えてきた。母への思いが変われば、自らの関わり方が変わる。関わり方が変われば母が変わる（かもしれない）。そんな風に考えられるようになった。それは今まで経験した介護の悩みや迷いがあったからだと思う。今なら、苦しかった数々の経験は私の宝物だと自信をもって言える。

母は、介護を通して世の中の弱者の存在を教えてくれた。それまでは、自分のことばかり考え、困っている人や立場の弱い人に本気で目を向けたことはなかった。介護者という立場になって初めて、自分以外にも困っている人が大勢いることに気付いた。

人生百年時代の落とし子である「介護」に関わる人は減ることはないだろう。人は当事者にならないと、物事を自分事として見たり、考えたりできない。当事者だからこそ分かる経験を活かし、同じ困難を抱える隣人の役に立てるなら幸せだ。

食べる喜び、「希望」への扉

朝倉　実唯菜

摂食障害。この病名を聞いた時、どういったイメージを描くだろうか。食事が取れなくなって、痩せ細ってしまう病気。どうした訳かは分からないが、「摂食障害と私」という物語の主人公に選ばれてしまった私たちは、このような症状に悩み続け、人生もだいぶ狂わされてしまう。傍から見れば、なぜ自分から進んで、食事という本来楽しい時間が狂わされるものにならなくてはならないのか、そして、なぜその物語の主人公を選んでなかなかそこから抜け出せないのか、理解するのは難しいと思う。でも、実をいうとそれは、摂食障害を患った私たち本人でさえも分からない。ただただ、食事という毎日必ず取る行動によって、自分を安心させたい、もっと認めてあげたい。理想の姿を目指していたつもりが、どこからか迷子になり、病気を手放せなくなってしまう。本稿では、私が摂食障害を患ってから約七年が過ぎ、思いが巡る今、何を感じ、考え、この難しい病気を乗り越えようとしているのか。そして、運悪くはあるが、摂食障害を患ったからこそ気付くきっかけとなった大事にしていきたい考え方について、自分なりの意見を述べたいと思う。

私が摂食障害を発症したのは、小学校卒業を目前に控えたある日の夕食のこと。インフルエンザにかかり、一旦食欲が落ちてしまったその流れのまま、なんとなく盛られたご飯の量を減らしてみた。別に食欲はもう戻っていたし、食べようと思えば全然食べることはできた。でもこのまま、またいつもの生活に戻って毎日を淡々と生き続けていくのではダメな気がした。病気の原因となっていそうなストレスとして、一つ思い当たるのは中学受験に失敗していること。だが、その受験に懸けていたかと言われればそうでもなく、地元の中学に通うことは受け入れていたつもりだった。そのつもりだったのに、生まれて初めて自分で自分の行く先を決めて、その現実が理想の姿ではなかった時、どうしてもありのままの自分で進んでいこうという気持ちにはなれなかった。これから先、大人になればなる程、等身大の自分を受け入れていかなくてはならないのだろうか。果たして、自分が納得できる人生を歩んでいけるのだろうか。そんな不安がふっと思い浮かぶようになり、いっそのこと、このままインフルエンザで看病されている自分のまま、心配してもらえる方が楽な心でいられる気がした。愛されていると自覚できるまま、それでいて、自分自身を許すことができる無力な弱者でいたい。思いのほか傷ついた私は、弱さを利用しても良いのでは。そんな考えの先に辿り着いてしまった生き方が、今思えば摂食障害なのかもしれない。小学生の頃の私は、よく周りから優等生と言われていたが、決して無理をしなくても、やるべきことをこなしていれば完璧な自分を形成することは可能だった。だが、受験をきっかけにそうもいかない現実を知ってしまったのだ。こんな壁にぶち当たった経験は、誰でもあるのではないだろうか。高校受験、大学受験、就職、タイミングは人それぞれかもしれないが、前を向いて生きていこうとしていた人なら誰しも。きっとそれが私は早くて、その痛みに敏感だった。自分の価値を見出せなくなった私は、小さく生きていこうと決めた。今の現状を、か弱い私なら受け止められるだろう。そして、完璧主義の私は、その考えのもと、どんどん痩せていくのだった。目的もキリもそこには存在しない。案の定、その後入院を告げられることとなる。

入院したばかりの頃の私は、あまり生気がなかったように思う。痩せ過ぎてしまった上に、食べること自体が難しくなっていたのだ。まだ十三歳で考えが至らなかった私は、ずっとこのままでい続けようと思った。しかし、この病気の入院生活は、そう甘いものではなかったのである。まず、食べないがゆえに、栄養剤を注入する胃管を鼻から挿入された。見た目にも、自分が安心できない姿に勝手に戻されていくことにも、みじめになり、絶句した。この時の私は、物語の主人公でいうと、ヘンゼルとグレーテルのヘンゼル。ただ自動的に太らされているように思った。しかし、それは私の思い込みだったと思考は変化を遂げていく。最初は無理矢理でも栄養が入った私は、脳に栄養が届くようになり、会話や勉強などの活動に集中できるようになった。私はそこで気が付いた。栄養という名の燃料で生かされているということに。食べることは生きることとよく言うが、ここまでその重要性に触れたのは初めてだった。この病気を患ったからこそのこの感覚。後に栄養の魅力に引き込まれる原点となる。次第に、栄養を摂るのであれば自分の口でという思いが強まり、少しずつ食べることが可能になった。一口ずつ、咀嚼して、飲み込む。いわゆる食べるという行為を、昔は普通にできていたようになるまで、ひたすら食べ直す。でも一つ、昔のただ食べることができていた頃とは大きく違う、合わせ持つようになった感覚があった。それは、栄養の持つ重要性も噛みしめられるようになったことである。

周りとは違う、摂食障害という生き方を辿った私は、誰にでも存在し、病気を作り出してしまう人間の弱さのような部分を知った。その弱さを利用して、自分を認めてあげられるのだから、全てが悪者なのではない。しかし、ずっと頼り続けると、希望に満ちた本当の自分は取り戻せない。じっくり時間をかけ、食べて一定の体重まで増やし、一旦は自分の受け入れるのが難しい姿になることで、思ったより大丈夫と思える経験を積み重ねる。その繰り返し。そんな周りの十代とは違う経験を積み重ねていても、学生において最大のライフイベントは勿論訪れるのであった。

高校受験が近付き、進路という自分の実力が試される壁が、新たに立ちはだかった。今度はどうするべきか。私の頭を悩ませた。ただ、理想の姿を追い求め、焦って自分が辛くなる決断をしてはいけない。それだけは強く心に決めた。悩んだ末に選んだのは、通信制高校という選択肢。自宅からは、電車とバスを乗り継いで一時間半程かかる。だが、自宅でのレポート学習がメインになるため、通学においては、受けたい人が、好きな科目を、好きな時間で学ぶことができる。今まで当たり前になっていた、こうあるべきという考え方で決めるのではなく、自分の気の向くままにしたい方向へ身を任せてみることにした。この決断は、後に、私が希望を見出すために、重要なきっかけとなる。

待っていたのは、自分に自信を持てない弱さを許してくれる環境だった。先生方は、その弱さの影から、本来その人の持つ良さを引き出そうとしてくれた。その支えの中で自ら挑戦したのは、必須内容に加えたやりたい学び。中学時代は入院していて取得できなかった英検を、立て続けに受けられたのは、有意義に使える沢山の時間を与えてもらえたからこそだったと思う。また、授業内では新しい風に吹かれたような感覚だった。特に強く感じたのは、社会科の時間。少人数であるため、全員でグループトークを繰り広げるのだが、例えるなら、大学のような自由性。毎回、最新の新聞記事を把握しそれぞれの意見を語り合い、自分なりの思いをまとめる。この新聞学習法は、スマホよりもテレビよりも、一番分かりやすく、今起きている現実を私に伝えてくれたのである。ある時は、子ども食堂についての記事。家庭で余った食品を寄付で寄せ集め、それを手に、子どもたちが満面の笑みを浮かべていたのが印象的だった。食料寄付、こういったボランティアがあるのか。食事や栄養の重要性を身を持って知っている私は、自然と助けたいという気持ちが生まれた。こうして、ボランティアという活動によってまた一つ、学びが生まれ、社会への扉を開く。病気を経験し、高校生活という階段を着実に上った私は、自分なりに、周りとはひときわ違う社会性を身に付けたのであった。

時は過ぎ、ここでも悩みの壁を前にする。大学受験である。しかし、この時はもう、私の本当の理想の姿が明確になっていた。病気に囚われてしまった理想の姿ではなく、素の自分の物語を辿った先は、管理栄養士だ。そう心が決まっていた。この考えに至るのは、自然な流れだった。摂食障害の治療という、時が止まったかのような学生生活を過ごし、それでも確実に長い時間を越えて来た私にとって、摂食障害と戦って来た生き方を、決して無駄にしたくはなかったのだ。食べることは人間として、さらには動物としての営み。その大切さに直に触れて来た私だからこそ、「食」の観点から誰かの力になれるかもしれない。病気になってから、初めて自分の未来に希望を見出した瞬間だった。

栄養学を学べる大学に入学して半年、休学を決断し、また入院という環境に戻っている。それでも私は、希望に満ちている。それは、長い人生の中で、今は自分自身を休ませる時だと分かっているから。未来のために、今こそ病気を手放せる時だと信じているから。描く理想の姿への道のりは、想像以上にハードだったが、立ち向かえるよう、体と心を整える。自制心と忍耐力を養い、病気を超えた先のなりたい姿に必要な、熱意やチャレンジ精神を育てる。私がなりたいのは、痩せ過ぎたシンデレラか。いや、絶対に違う。自分を信じて、本当に出会うべき自分や人と出会いたいのだ。自らの、素に備わっている力で、「希望」への扉を押し開ける。きっと、ありのままの私でも、道は切り開けるのだから。そう、それが私の生きたい姿の物語。どんな人と、どんな場所で、どんな目的で、どんな方法で生きたいのか。そこには希望で満ちあふれていると信じて、今日も私は、手放すべき自分と愛すべき自分と向き合っていく。

温かい手に導かれて

森　千恵子

孫息子Yが高校を卒業した。先生方や父兄に祝福され、笑顔の中に涙を拭う卒業生もいた。だがどの子も無限大に広がる未来に向かって、希望に燃えている。三年前の入学式以来、私たち家族はこの日を祈りながら待っていた。それは、ある騒動があったからだった。

Yは生後間もなく紫外線アレルギーと分かり、多くの医療機関を受診したが、いまだに完治していない。Yを守るため病院通いの他にも、母親の努力が始まった。保育園から現在に至るまで、綿百パーの生地でUVケアー帽を作り、夏でも長ズボン長手袋で通った。

小学校入学前、母親が校長先生に事情を説明し、体育時の服装許可を戴いた。Yは周りの生徒と違う格好に戸惑いもあったことだろう。しかし、自分を守るためという認識を持ち始めていたので、愚痴はこぼさなかった。友達もたくさんいたので、頑張れたようだ。

猛暑日が続く体育時のことだった。真っ赤な顔であせをぬぐうYを見た友人らが、

「大丈夫か。早く俺の影に入れ」

「えっ！」

「影を踏めば直射日光を避けられるから」

それとなく日陰を作り助けてくれた。祖父母や母親の知らない所で病気を受け入れ、友と共に前へと進んでいたようだった。大勢の友達が、家にも遊びに来て楽しい小学時代を過ごした。お陰で、一年生の時からYには一つの夢が膨らみ始めていた。

「大きくなったら、学校の先生になりたい」ホワイトボードの前で先生そっくりに授業する姿に熱が入り、生徒役の私も楽しみだった。

中学では厳しい現実が待っていた。母親が入学前、校長、教頭、学年主任と男女の体育教師と面会した。Yの状態と外での用心などを伝え許可を願い出た。

「体力もだんだん付いてきますから認めるわけには……、普通にしてください」

体育教師の言葉に母親は、普通という基準は何だろうと思ったそうだ。

「息子の症状が悪化し、ご迷惑をかけるのを避けるためですが……」

それでも熱血指導で有名な先生は譲らない。話を聞いた私は、前例踏襲で慣習を見直さない体質を強く感じた。やがて、もう一人の女性体育教師が立ち上がった。

「偶然ある番組で、紫外線アレルギーの怖さを知りました。酷くなると遮光した部屋での生活です。そうならないように、責任を持って見守ります。みんなで頑張りましょう」

女性教師の力強い言葉に他の先生方も、やっと同意をしてくれた。入学し始めの頃こそ不思議そうにしていた周りの子も事情が分かると、気にする者はいなくなった。それまでは上級生から校則違反だとか、うざいなどと舌打ちをされたこともあり、Yは我慢することも多かったようだ。中学卒業近くになり、彼が家族にこう話した。

「誰かと楽しく過ごした記憶は、夢を投げ出しそうな時も、諦めるなと立ち止まらせてくれた。俺には、ストッパーが沢山いるんだ！」

頼もしい先生や友人に恵まれ、絶対に先生になると改めて誓う孫に、家族も嬉しかった。

いよいよ人生最初の試練、高校受験が迫っていた。だが入試直前、想像だにしなかった事件に直面してしまった。Ｙは志望校目指して、猛勉強の日々であった。彼は大多数の生徒とは異なる服装で通うことになるので、母親が中学校の進路指導と担任に何度も確認をしていた。

「ＵＶケアー帽と体育時の長袖長ズボン着用は、高校側の許可を戴いているのでしょうか」

「問題ないということで、大丈夫です」

進路指導の学年主任Ｓ氏が、はっきりと答えた。高校は家からも近く、通学時の対策も最小限で済みそうだった。安心した私たちはＹを応援しながら、試験日を待っていた。ところが受験二週間ほど前、中学校に呼びだされた。母親が何事かと出向くと、

「志望校を変えませんか」

いとも簡単に進路指導Ｓ氏が問いかける。訳も分からない母親が腹を立てた。

「願書も提出し、受験に向けて頑張っている息子に、今さら志望校を変えろとは、どういうことか説明してください」

するとしばらくしてＳ氏が言い訳を始めた。

「Y君の服装のことを当然大丈夫だと思って、高校側に確認をしていなかったので……」

「えっ！　要するに、高校に確認済みと言うのは嘘だったのですね」

あきれ返る母親に、更にS氏はこう言った。

「受験料の問題ですが」

「はぁー、子供の人生を何だと思っているのですか。納得できません」

話を聞いた私は、個性を尊重すると言いながら結局は、決められたとおりにしないと認めないのかと悲しくなった。夫も唖然とし、彼らの話を聴こうと言い出した。

ある夜、四人の訪問者がやって来た。私たちは人生初の試練十五の春を、絶対に嫌な思い出にしたくはなかった。彼らが自身の保身に走っているのを感じた。進路変更を余儀なくされた生徒の身にもなって欲しいと思った。

「どうあろうと、Yの希望校を受験させます。他校に変更などと、決して本人には言わないでください。お願いします」

「必死で勉強している一番大事な時ですよ」

夫も心外だと怒りをあらわにした。そこに、塾のオンライン授業が終わったYが出てきた。

「Y君、受験校を○○に変えませんか」

口止めをしていたのにと、彼の無神経さにあきれ返った夫が、こう言った。

「頑張っている子供の未来と大人の面子、どちらが大事だと思っていますか」

彼らは一人の生徒の人生よりも、ミスを隠し自分の保身に忙しそうだった。するとその時、無言だったYが口を開いた。

「今さら変えません。自分で決めたことです。なりたい自分になる為に、勇気を出して挑戦します。絶対に志望校を諦めません！」

この瞬間から家族は、彼の力を信じようと決めた。私は孫の成長を頼もしく思い、負けずに意志を貫いて欲しいと願った。

孫が合格し、教科書を購入に行ったとき、体育教師に紫外線アレルギーのことを話した。

「地球環境も厳しい時代ですから、色んな子がいますよ。その件は後日連絡します」

待つように言われた数日後、中学側から、

「直接高校側と連絡を取らないでください」

何とも奇妙な連絡が入った。宙ぶらりん状態のようで不安だらけであった。待つ事二週間、入学式当日になってしまった。不安げなYに、母親が笑顔で力強く肩を叩いた。

「合格したのだから、さぁ堂々といこう！」

式を終え、これからもよろしくと入試担当のT氏に挨拶に行くと、いきなり怒鳴られた。

「中学から何度も言ってきて迷惑だ！　自分のことは自分で責任を持ちなさい」

親子は訳が分からずに、驚いて涙が出たそうだ。何があろうと喜びの日なのだ。おめでとうのひと言ぐらいあるべきではと、私も腹が立った。後に事情が分かった。中学からの失礼な電話にT氏が腹立ち、怒りを親子にぶつけてしまったのだった。両校の言う通りにしていた母子は、晴れの日に奈落の底に突き落とされてしまった。後で原因が分かると、T氏が親子に何度も念を押し謝った。彼も忙しい中、大変だったのだと想像できた。

Yの親友も悔しくてたまらない様子だった。

「ミスをした方はすぐに忘れるけど、された方は一生忘れないよね」

いよいよ登校日、YはUVケアー帽をかぶり日傘をさして笑顔で家を出た。途中から友達も傘に入り、堂々と校門を通った。母親から相談を受け気を配ってくれた担任も悩んでいた。他生徒と違う服装を、どう説明しようかと。それでもYは明るく元気に登校し、勉強も楽しいと話した。しかし家族は、周りの事情を知らない先生や生徒の視線が気になった。小さい頃から学校での出来事を色々話すYが、黙って部屋に入る。彼の鬱屈した気持ちを想い、家族も落ち着かずに悩んだ。

入学して十日目、Yが担任から誘われた。

「昼休みに統括教頭O氏に会いに行こう」

彼が不安な気持ちで部屋に行くとO氏が、

「Y君待っていました。入学おめでとう！」

笑顔で駆け寄り、両手で握手をしてくれた。

「ありがとうございます！」

嬉しくて涙ぐむYに、O氏が更に言った。

「立派な成績で合格したのだから、堂々と通ってください。君にしか出来ない事だって、沢山あるはず。みんなで応援していますよ」

帰宅するなり家族に話すYの表情は、以前のように瞳が輝き喜びに満ちていた。この日から学校側もクラスごとにYのことを説明した。生徒たちも納得し気にする者も無く、他のクラスの子も声を掛けてくれるようになった。経験した出来事を通して、教育を支えているのは、現場の教師の情熱だと感じ感謝した。希望の光を見つけた孫と話す機会があった。

「夢を諦めず前に進めたのは、先生方や友人のお陰だ。O先生の温かい手を忘れないように、誰もが等しく学べる世の中を目指すよ」

「楽しみね。得意の英語の先生になるのかな」

「まずは国語だよ。記述問題が増えたから」

英語や情報、プログラミングも、国語力無しでは上達は望めないと教えられた。やがて大学も決まり卒業式の日、あの日の悲しさを吹き飛ばす最高の笑顔で母子は臨んだ。いつも全力で息子を守り続けた母への手紙。

『瞳を閉じれば、母さんの笑顔が見える。何度も言うよ、ありがとう、ありがとう！』

彼はさっそくアルバイトで、塾講師を始めた。そうして一歩一歩目標に近づいているのだと信じている。小さな行動もやがて手の届く世界になる。あの温かい手の優しさが、今後の人生を豊かにしてくれる。いろんな出来事は、きっと生きる力になることだろう。

第四章　善意の他者から

心の雨にビニル傘

三度の引っ越しでも手放さなかったビニル傘。華やかな世界から戦線離脱し、ベビーカーを押し出かけていたある日。急な雨の中で「自分なりに生きればいい」と許された気持ちにしてくれた出来事。その日頂いたこの傘は、何度も私に一歩踏み出す勇気をくれる。

『希望』の灯

あれから三十年、今でも思い出す恐怖。『希望』は何一つ見出せず「絶望」とはこのようなことかと感じていた。そんな中、再び『希望』を見出し、精神を揺さぶられる出来事があった。〈真心〉のもと紡ぎ合えば『希望』の灯は必ずともる…のだ。

モウチョットマテバ

日本に来て間もない頃、突然の揺れに襲われた。過去の私が、現在の私の肩を叩く。昼下がりの故郷の教室で、大震災が小学生の私を襲った。瓦礫の中、老婆が私に語りかけた。「もうちょっと待てば?きっとどこかに希望があるはずよ」と。そして私は、決心する。

一人じゃないよ

特徴的な症状がある認知症と祖母が診断されたのは、熊本地震からしばらく経った頃。被災後の避難生活で疲弊していた私は、状況を理解しない祖母を怒鳴りつけてしまった。その時、一人の男性が声をかけてきた。それは私と祖母を未来へとつなげてくれる希望だった。

縁側に託す想い

弟と漂流し救出された母は、別の船で日本にたどり着いた父と出会う。ベトナム人の両親の元、私は日本で生まれる。「どん底」と感じる幼少期、唯一の楽しみは縁側での「妄想」。中学校からの「プチ」脱走劇を経験し、両親の脱走劇や生きる希望について考える。

心の雨にビニル傘

松井　千穂

クローゼットの片隅には、少し古ぼけたビニル傘がしまってある。三度の引っ越しの際も手放さなかった、私の宝物だ。柄は紫がかった青色で、どこにでも売っていそうな半透明のビニル傘。雨具として使うことはないけれど、時々取り出して、広げてみる。

小さな頃からずっと、大人になったら都会で働くことを夢見ていた。当時の世の中は、女性像といえば母親に限られていた。たとえ就職しても結婚すれば家庭に入るもので、パートで働く女性ですら珍しかった。私はそんな、生活の中に溶けて個人が消えていくような人生は嫌だと思った。大学では好きなことを勉強して、華やかな世界で活躍するのだ。きっと何者かになるのだと意気込んでいた。

しかし、東京であこがれの会社に就職したものの、全くなじめずに退職した。未練がましく東京に住みながら、無様に戦線離脱した自分にひたすら絶望する日々。先輩方はきっと、颯爽と現場を飛び回っているのだろう。同期たちはきっと、次々とアイデアを形にしているのだろう。そんな想像をしては、ため息をつくことしかできなかった。結婚して出産した私は、毎日首も座らぬ息子をベビーカーに乗せて、ただぐるぐると街をさまよった。もうどうやって生きればいいのか、わからなくなっていた。

あの日は確か、恩師に渡す手土産が必要で、アパートからかなり離れた洋菓子店へでかけたのだ。桜がちょうど見ごろを迎えており、街全体が何となく華やいでいた。上野公園から吹いて来る風は、ほのかに日本酒の香りがするほど浮かれているのに、生きるという苦行を課せられていた私は、重い足を引きずって用事をこなした。

坂の上の洋菓子店で焼き菓子を買って戻る途中、急に雨が降り出した。天気予報は調べてこなかった。荷物とベビーカーを気にしながら帰路を急いだが、あっという間に雨は本降りになる。小さな寺と住宅ばかりが並ぶ街の中で、雨宿りできる場所を探すのは難しい。奇跡的にシャッターの閉まった小さな商店を見つけたころには、豪雨とよべるほど雨脚が強まっていた。

慌てて飛び込んだ商店の軒下を見回すと、シャッターは錆びて黒く汚れ、緑色の庇は色あせて所々に穴が開いている。長いこと誰の手も入らず、忘れ去られたような場所だった。雨は激しさを増し、ボロボロの庇をかいくぐって、鋭く吹き込んでくる。

電車が到着したのだろうか、左手の駅の方角から、傘をしっかりとさした人影がいくつも歩いてきた。スーツにスプリングコートを羽織った、勤め人ばかりだ。私は呆然と立ち尽くし、前を横切っていく彼らを眺めた。きっとあの人たちは会社できちんと働いて、素晴らしい成果を上げているに違いない。天気予報もちゃんと見てきたから、傘だって持っている。それに比べて私はどうだ？ 愚かで、滑稽で。卑屈な気持ちはどんどん膨らんで、息をするのも苦しくなる。そうかなるほど、あちらとこちらは別の世界で、私にはあちらへ行く資格がないのだ。きっと彼らにとって私は、錆びたシャッターや穴の開いた庇と同じように、まるで景色の一部に見えているに違いない。眼前で降りしきる雨より強く、心の中には土砂降りの雨が降っていた。

冷えた手足が痛み出したころ、人波が去っていった方向から、黒いコートの女性が歩いて来るのが見えた。パンツスーツで、四十代くらい。右手に黒っぽい傘をさしている。

先ほど通り過ぎた中に見かけた人だ。こんなに強く雨が降っているのに、再び出かけるのだろうか。

　焦点も合わせずにぼんやり眺めていると、女性は足早に私の方へ近づいてくる。そして左手に持ったビニル傘を、そっと差し出した。柄は紫がかった青色で、半透明のビニル傘だった。

「これどうぞ。使って」

　突然掛けられた言葉が意外過ぎて、私は意味を図りかねた。

「私に、ですか？」

と間抜けな問いを返す。女性は微笑んで、

「こんな所で雨宿りしているのを見かけたから。赤ちゃんいて、大変でしょう？」

と言った。

　信じられないことに、彼女は家に帰って、私のためにビニル傘を手に取り、そして戻ってきてくれたのだ。私なんかのためにわざわざ。相変わらず雨は激しく、足元は跳ね返りで白く煙るほどなのに。

私は体の奥からこみ上げてくる熱い塊を懸命に飲み込みながら、深く頭を下げて何度も礼を述べた。驚くことに、向こうの世界からちゃんと私が見えていたのだ。気にかけてくれる人がいたのだ。申し訳なくて、恥ずかしくて、この上なく有難かった。本当に感謝を伝えたいときは、自然と頭が垂れるのだと、この時ほど実感したことはない。

私はおずおずとビニル傘を受け取り、

「どうやってお返ししたらいいですか？」

と声を振り絞って聞いた。連絡先を聞くのもぶしつけだが、ぜひお礼をしたい。しかし女性は肩をすくめ、

「そんな、返さなくていいわよ。持って行って。雨が降るたびに息子が買ってきて、家にビニル傘がいっぱいあるの。ね、一本貰って？」

と言って、晴れやかに笑った。まるで分厚い雨雲が吹き飛ぶような笑顔だった。

借りたビニル傘は、荷物と息子の乗ったベビーカーにさした。号泣している私には、豪雨に打たれるのがうってつけだった。雨が顔を濡らすから、道行く人に泣き顔をみられなくてすむ。涙があふれて止まらなくて、時折声を上げながら泣いた。頬を濡らす雨

に誘われるように、涙はまた、後から後から湧いてきた。心地よかった。

「普通の大人になろう」と思った。普通のお母さんになろう。普通のおばさんになろう。世界をきちんと見渡し、信念を持って行動し、相手に気を使わせない。これ以上素敵な大人がいるだろうか。「何者かにならなければ」と気負ってカチカチに固まった体が、一気にほぐれた気がした。自分なりに生きればいいのだと、許された気がした。

ビニル傘の下でベビーカーに揺られる息子を覗き込むと、きょとんと見上げてきた。そういえば出かけている間中、ぐずることもなくご機嫌にしていてくれた。自分の事ばかりで、息子の方をちっとも向いていなかったことにやっと気づく。落ち込んでいるヒマなんてない。私はこの子と、生きていくんだ。

耳を澄ませて雨音を聴いているのだろうか、時折揺れる息子のまなざしは真剣そのものので、瞳はキラキラと輝いていた。

私はその後離婚して、故郷に戻った。今の職場は勤めて十年以上になり、息子は高校生になった。地に足のついた、ゆったりとした暮らし。平凡だけれど優しくて、刺激はないけれどちゃんと手ごたえがある。あの雨の日以来、人を見る目も変わった気がする。

出会う人それぞれ面白く、自分なりの生き方をしているとわかるようになった。皆、格好いいと感じるのだ。

それでも時々、心に雨が降ることがある。まだまだ未熟で、余裕がなくなることがある。些細な悩み、怒り、苛立ち、不甲斐なさ。そんな時はそっと、あのビニル傘を開いてみる。傘は何度でも私を救って、また一歩踏み出す勇気をくれる。

いつか私も、途方に暮れて雨宿りしている人を見かけたら、ビニル傘を差し出せたらいいと思う。「息子が雨の度に買ってくるから」とおどけて見せ、「一本貰って？」と晴れやかに笑うのだ。

『希望』の灯

福井　正人

もうあれから三十年が経とうとしている。地震発生当時の胸を突き刺すような揺れと、それに伴うあの恐怖は現在もふっと思い起こされるときがある。肌に染みついているようだ。そして、その後の光景と状況は絶望感をもたらした。『希望』は何一つ見出せない。時折思い出されるのは、自然への呪いと自分に対する仕打ちへの疑問、怨念であった。胸が苦しく、身体が何とも言えずだるかった。動く気力が湧いてこない。夜がとても、とても長くつらかった。「絶望」とはこのようなことをいうのだろう。

ただ、このときの絶望の状態を、いま眺めてみて考えることがある。確かに、私は現在生きており、挫けず前を向いて進んでいる。いったい何が自分を前へと、〈回復〉へと導いたのであろうか…。

絶望とは、文字の通りなら〝望み〟が絶たれることを指す。そして、この感情は、自身の欲望等に対する〈可能性〉の消失・喪失から来るのではないかと考える。震災直後暫くは、復興への開かれた明るい確固たる未来像は思い描けなかった。このときの心情としては、ほとんど思考が停止してしまっていたということもあるが、政府等に頼るというか、「期待」するという思いは浮かんでこなかった。またそのときは、とにかく自然や神も含めた第三者に対しての恨みや僻み等の思いも、自分を支配していたと感じる。そのようななかでは当然、他者を慮る気持ちは出てくるはずもなく、自身のことばかり中心的に考えていた。他者の不幸を探し回っていたように思う。

有難いことに避難所では割とすぐに食料と水の配給が始まった。食べ物を口にできる、水を飲むことができることは生理的なところとはいえ、若干気持ちが和らいだ。また、配給前は少し生動的にもなった。しかしながら、先を見据えると暗闇のままで、気が滅入るばかりであった。少なくとも、能動的に動こうという気は起こらなかった。先が見えないので、目的など産み出されるはずがない。焦りとともに不安感がかなり募った。〝何とか…〟との思いはあるけれども、その一方で可能性は〝ゼロ〟というか、わずかな『希望』、輝く光は〝無〟としか思えなかった。

そのような精神的に参るなか、『希望』を見出す、精神を揺さぶる出来事があった。いつものように食料の配給時間に並んでいた。おにぎりとお茶を渡されて戻ろうとしたとき、配給の係の方と老夫婦とのやりとりが耳に入ってきた。激しいものではなくて、係の人は丁寧に理由を述べられていた。「申し訳ありません。地区ごとにぎりぎりの個数が配給されています。それと安否確認も兼ねていまして、地区外の方には…、本当にごめんなさい」。概ねこのようなことを説明されていた。〝本当に申し訳ない〟という気持ちが表情に表れていたのを思い出す。それに応答するように、老夫婦は〝分かりました〟という感じで会釈をされ立ち去ろうとしていた。虚しさと非力さが入り混じった、靄が張り巡らされた胸中で眺めていた。その情景のなか、一人の少年の姿が目に留まった。小学校三年か四年生くらいであろうか。恐らく、老夫婦と係の方とのやりとりを聞いて概ね理解したのであろう。また、夫婦の状況・状態もしっかりとみていた（捉えていた）と思う。暫く、配給された二個のおにぎりをじっと見つめていた。それから、その少年はお婆さんへ二個のおにぎりを差し出した。夫婦は驚かれたが、その後、にっこりと微笑んで、お婆さんが少年の手を優しく胸の方へ戻そうとされていた。しかし、次に少年の取った行動は、それを再び押し戻すとすぐに走っていった。

忘れかけていた大事な〝思い〟の景色をみたような感じがした。心を、魂を揺さぶられた。胸が熱くなった。横を見ると老夫婦の方々が泣かれていた。言葉に表せない感謝と嬉しさが出ているようだった。少年の方へも目を向けてみた。走っていった先でご両親だろうか、抱きしめられ、頭を撫でてもらっていた。とても嬉しそうだった。素敵な笑顔だった。

このとき、何かしら〝温かい風〟が吹き、光が差し込む気がした。そして、自身の深いところで蠢いていた、これまで恨みや辛み等で全面的に表れていたものに対して、〈回復（復興）〉という「願望」が、もしかして実現可能なこととして起こるのではないか。「期待」ではなく、『希望』が感じられた。少なくとも、この出来事は自身において、そう思える〝きっかけ〟となったのは確かである。また、〈能動的〉に動くエネルギーの基となり、精神的に挫けそうな折は支えになっているように思う。『希望』に向けての行動は、わずかでもその〈可能性〉があることと、それに〈能動性〉の心とを持ち合わせて、はじめてその目的に近づいていけるのではないだろうか。この経験から学んだことである。

では、「絶望」という〝無〟の状態から、〈可能性〉へ胸をふくらませ、〈能動性〉へと導いていった動力源は何であろうか。少年の行為から何を感じ取ったのだろうか。魂が揺さぶられ、目覚めさせられたものは、人間本来の〝清らか〟で、〝温かい〟他者を慮る心、つまり〈真心〉の存在である。そしてそれは、全ての人間において根底にあり、普遍的なもの〈心〉と思えた。社会は人と人との関係の上で成り立つ。そこから考えると、他者が自分のことを心から思ってくれているというその〝思い〈真心〉〟は、心強く、安心感をもたらし支えとなる。また、意欲付けにも結びつくだろう。それからもう一つ、〝無〟からの〈可能性〉の扉を〈共に〉開けてくれるような気がする。必要なとき手を差し伸べてくれる、一緒に助走してくれそうな気がする。〈共に〉ということは共同体を形成していくだろう。さらに付け加えるならば、共同体には、無限的な力が備わっていると思っている。

はるか未来かもしれないけれど、もしかすると…という『希望』がかすかに見えてきた。光が差し込んできた。あのときの少年と〈共に〉何かできそうな気がして、頑張らねば…と思い、少しずつ自発的に行動していった。苦しいところはあったけれども、震災直後の無気力的な状態よりも確かに活動的だった。充実感も少しあったように思う。また、当時の現在（いま）の苦痛は、〝未来の望みへの犠牲〟だと思えるようにもなった。

それからほどなくして、あのキャッチフレーズが流れた。「がんばろう神戸」。『希望』に向けて呼びかけられているようだった。そして、そのフレーズのなかに〈共に〉という前向きなメッセージも感じ取った。その後、復興に向けて地域住民、ボランティアの方々、実にさまざまな多くの方と力を合わせ取り組んだ。皆頼もしかった。そして有難かった。

私は、六年前より教員の職に就いている。震災のときの経験を通して、感じたこと、考えたことを伝えたいと思った。特に、忘れかけていた〈真心〉という本質的な心の存在が、人間にはあることを子どもたちに伝えたかった。人は、決して独りではない。孤独ではないんだ。〈真心〉があり、皆繋がっている。助け、助けられ、皆見守られている。たとえ絶望と思われる〝無〟であっても、〈真心〉のもと紡ぎ合うことで、必ずや『希望』の灯はともると…。

モウチョットマテバ

鄧　朝陽

ズズン！

日本に来て間もない私は、突然の揺れに襲われた。昼下がりのキャンパス、食堂に並ぶ学生は一斉に色を失った。

周囲の人影が消えた。みな机の下に身を隠し、木の葉のように動く照明を見つめながら、事のなりゆきを見守っている。

「すぐ終わるさ。もうちょっと待てば」

先輩が私をなだめた。

しばらくすると揺れは徐々に落ち着き始め、辺りも静寂を取り戻してきた、そんな時であった。

モウチョットマテバ

過去の私が、現在の私の肩を叩いてきた。

そして地震で高鳴った鼓動が治まるにつれて、私の過去の記憶が徐々に蘇ってきた。

それは小学四年の事だった。

私の故郷は中国四川省にある小さな町。そこは四川盆地の縁《へり》にあり、町の西半分は険しい山脈がそそり立っている。そのため霊峰の麓からは清らかな地下水がこんこんと湧き、酒造りや美しい竹で知られる所であった。

その日は、花曇りの月曜日。穏やかな昼下がりのことであった。小学校はちょうど五時間目の業間休みで、教室には生徒しかいなかった。次の算数の授業のため私が机の上に教科書を置こうとした、その瞬間であった。

何の前触れもなく、突如轟音が耳をつんざき、激しい縦揺れが床から突き上げてきた。衝撃で私は床に転げ落ちた。何が起きたのか判らない。教室の中は、黒板や机が激しく震え、細かな瓦礫が頭上から降り注ぎ、砂埃が教室の中に充満してきた。

午後二時二八分。四川省一帯をマグニチュード八の直下型地震が襲った。四川大地震である。学校は震源からわずか三〇キロしか離れていなかった。

見る間に天井はひび割れ蛍光灯が落ち、窓ガラスがけたたましい音を上げて一斉に割れはじめた。生徒の悲鳴で騒然となるなか、床にへばりついていた私は、このままでは建物が崩れると感じ、屋外へ駆け出した。

グラウンドで周りを見渡すと、街中は至る所で灰色や茶色の砂煙が上がり、太陽の光を遮り始めている。

私は、どうすれば良いのか判らなかった。先生も来ない。学校近くに自宅があったので、とにかく親のもとへ戻ろうと思った。

校門を出ると、緑の町は瓦礫で埋め尽くされていた。家々の残骸が街全体を覆い尽くすように広がり、遠くで救急車のサイレンがあちこちからこだまとなって響いていた。

見ると瓦礫の山には、生活の痕跡が散乱している。割れた食器、砂まみれの書籍、そして焼け焦げた匂い。真っ白になった私の頭に、逃げ惑う人々の会話から「地震」という声が聞こえた。……そうか、これが地震というのか。

それまで私は微弱な地震も経験していない。学校では避難訓練もなく、地震という名前は知っていても、それは自分達とは異なる世界のことと高をくっていた。

コンクリートと煉瓦が散乱する道を歩いていると、自宅が見えてきた。辿り着いた自宅は跡形もなく崩れ、見慣れた壁が僅かに残っている。見ると瓦礫の山の上に動く人影がある。両親だ。

私は母に抱きつくと、こわばっていた母の顔は安堵の色を浮かべた。ただその表情は長くは続かなかった。次第に表情を曇らせた母は、力なく地面に崩れかかる。私は慌てて母を支えると、彼女は私の腕をギュッとつかんで、すすり泣きを始めた。

「……よっ…遥《よう》ちゃん……」

嗚咽の中に弟の名が混じっていた。遥は隣町の幼稚園にいるが、その園舎は古い。母が子供の時から変わっていない。

幼稚園に電話を掛けたが、発信音が聞こえない。焦燥を募らせる家族の前に、一台のバイクがやって来た。叔父だ。幼稚園のある隣町で仕事をしていたのだ。転げるように叔父はやってきて、

「たっ！大変だ！隣町はとんでもないことになっとるぞ！」

両親は鋭く反応した。

「幼稚園は⁉」

遥の通園先を知らない叔父は、気圧された表情で「わ……わからん。」とどもるばかり。家族の間にサッと重い動悸が走った。

バイクを借り我々は幼稚園に向かった。

その道中は、混乱と絶望に彩られていた。路傍では、倒れた死体が、至る所にころがっていた。幼児の遺体の側に座り込み、声を限りに母親が泣いている。泥や瓦礫の中から聞こえるうめき声。そして断水のため、ちょろちょろと出る水道栓を求めて歩き回る人々。恐怖と焦り、そして不安に苛まれた道のり。数キロがこれほど長いものとは思わなかっ

た。

　幼稚園に着いた。園舎は辛うじて原形をとどめていたが周囲は非常線が張られている。「危険です」と行く手を遮る管理員に対して、私たちは「中に子供がいるのです！」と叫び、押し問答をはじめた瞬間であった。

　ゴゴゴッー！

　静寂を打ち破り地鳴が響いた。一瞬の静寂の後、地面から突き上げてくる衝撃を受けて、私たちは突き倒された。すると、園舎は不気味な音を響かせながら徐々に傾き出し、スローモーションを見ているようにゆっくりと崩壊し始めた。壁が崩れ落ち、床が抜け、むき出しになった鉄骨が地面に叩きつけられると、煙と埃が舞い上がった。静寂が戻ってきた時、そこに残っていたのは、荒涼とした瓦礫の山だけであった。

　地元の救助隊が到着したのは、薄暗くなった頃だ。停電のため漆黒の闇に包まれる中、ヘルメットに付けられたライトだけが残骸の中でチラチラと交錯している。

　保護者達はまんじりともせず救助の様子を見守る。しばらくすると、救助隊は一人また一人と子供を運び出して来た。

その度に、保護者達は運び出された子供に殺到した。無事な子もいたが、次第に怪我や骨折している子が増え、後には変わり果てた姿の園児ばかり――亡骸は一〇〇名を数えた。

行方不明者は残り一〇名となった。

救助隊に協力していた父が未明に戻ってきた。全身泥だらけの父はしばらくジッと俯いてから、不意に口を開いた。

「帰ろう」

意外に打たれた母は立ち上がった。父親は続ける。「……望がないそうだ……」

それを聴いた母は、

「遥ちゃんは、も、もう……」

涙に声を詰まらせ、ワナワナと震えている。

私も、父の声に地べたにへたり込んでしまった。目に浮かんでいた可愛い弟の姿が、まるで過ぎ去った思い出のように、遠く小さくなりかかっていた……その時。

「モウチョットマテバ?」

聞き慣れない声だ。

私は振り向いた。老婆だ。確か幼稚園のクラスメートの祖母だ。

その老婆が私の髪を撫でて、語りかけてきた。静かに。そしてとても優しく。

「もうちょっと待てば?きっとどこかに希望があるはずよ」

彼女の言葉に、私は衝撃を受けた。

彼女の孫は昨晩遅く遺体で発見されていたのだ。私は知っていた。孫の頬を撫でながら肩を震わせて泣いていた彼女を私は見たのだ。だから彼女にとっては、恐らく人生の中で最も悲しみの中で迎えた朝だったに違いない。その朝に、彼女は私を励ましてくれたのだ。

極限の状態でも、絶望の淵でも、人間はここまで優しくなれる。人をいたわることができる。それを知った瞬間、私の魂が震えた。

三度目の夜を迎えた。この頃になって、救助隊は瓦礫の中にある、小さな空洞を発見した。誰かいるかと叫んだが、声はない。

しかし、耳を澄ませると、コツコツと何かを叩く音が聞こえてくるではないか。にわかに現場は色めき立った。

救助隊員が増員され、救出作業は急ピッチで行われた。そしてその一時間後、瓦礫の隙間から小さな男の子が救い出された。全身泥だらけの上に、体には無数の擦り傷があった。あちこちからは血が滲み、見るからに痛々しい姿で運び出されて来た。その子は紛れもない——遥であった。

それを聞いたとき、私は言葉では言い表せないほどの喜びに包まれ、涙が止めどなく溢れてきた。担架に乗せられた遥は拍手の渦の中、両親と再会した。

父親は言葉にならない。涙ながらにただ遥の手を取るだけだ。泥だらけの遥も小さく頷くだけ。涙の対面に言葉は不要だった。

次第に遠くなる救急車のサイレンを耳にすると、夜空に明るさが戻ってきた。

東の空を見上げると、うっすらと朝焼け雲が浮かんでいる。早くも何処からか鳥のさえずりが聞こえ、新しい一日がまた始まったのを全身で感じた。

私の胸の中には万感の思いが去来していた。そしてその時、その場所で私は決心したのだ。

私は、絶望しない。

絶望してなるものかと。


大地震も過去のものとなり、私の故郷は近代的な街へと変貌し、その傷跡を探し出すことも難しくなった。だが、この経験は、心の中に今でも克明に刻み込まれている。思いやる心は、力を持つ。それは決して目には見えない。手で触れることもできないものだ。しかし、それは人々に希望を与える力を持っている。そして現に、一人の人生を変える力となっていたのだ。

自然災害、感染症の蔓延、そして紛争の激化。混迷の度は深まり、世界は未だに出口のない暗さの中をさまよっている。

この世界から見れば、私の経験はほんのちっぽけな灯火に過ぎない。だが私の灯した小さな明かりでも、迷う人々に差し込む希望の光になるのではないか。

今、私はそう願っている。

一人じゃないよ

澤村　映葉

祖母がレビー小体型認知症と診断されたのは、二〇一六年に起きた熊本地震からしばらく経ってのことだった。お世辞にも温和とは言い難く、我の強い性格の祖母だった。だから「家に帰る」だとか「私は平気だけん、買い物に行く」だとか言い張る祖母の強い口ぶりと、被災した事や地震が続いていることで心に余裕もなかった私は「家が住める状態ではないこと」「地震でどこの店も営業出来ていないこと」を理解出来ていない祖母に気付けなかった。祖母の患った認知症には、幻視という特徴的な症状がある。見えないものが見えるのだ。祖母が「家に帰る」と言い張った理由は幼い子供が待っているから、そして「買い物に行く」と強く言っていたのは子供が家でお腹を空かせて待っているという幻視からだった。祖母は父を含め三人の子供を産んだけれど、一番下の息子を僅か五歳で亡くした。祖母が見ていた幼い子供はその息子だったようだ。それを思えばあの時の祖母の振る舞いも今なら理解出来るけれど、あの時は出来なかった。

私や祖母の住む地域では、四月十四日の前震で震度六弱、十六日の本震で震度六強の揺れを観測した。外に出てみると外壁は崩れ落ち、普段歩いている道には亀裂が走り、大きく段差を作っていた。二度の大きな地震とひっきりなしに続く余震。また大きく揺れるんじゃないか、もしまた大きく揺れたらどうなってしまうのか、そんな考えばかりが頭を埋めて心身共に疲弊していた。

被災した日から車中泊が始まった。ゆっくり眠ることは勿論出来ないし、四月とはいえ夜になればとても寒い。同様に車中泊をしている人達もいたけれど、なるべくガソリンの消費を防ぐため、そして騒音に配慮してエンジンをかけている人はいなかった。毛布のような防寒具は祖母に渡し、私や両親、弟は厚手の洋服と一緒に連れていた犬猫を抱いて夜を過ごした。

そんな日が続く中で祖母の相手をすることはかなりしんどかった。「帰る」と言われる度に家に連れて行った。祖母の家は玄関が開かなくなっていた代わりに人一人がようやくねじ入る程度に窓が開いていた。そこから中の様子を伺うと、仏壇は部屋の端から端へ飛び、倒れた食器棚から吐き出された食器が粉々になって床の上に散らばっていた。向かいの家も隣家も全壊だった。「買い物に行く」と言われる度に近くのスーパーまで連れて行った。真っ暗な店内を覗くと、天井が剥がれ落ち、陳列棚が押しつぶされていた。その様子を見ると祖母は不満げな顔をして「ならば散歩に行く」という。私は愛犬を引き連れ祖母と散歩へ行く。どうにか大人しくさせたい一心だった。

そんな中ついに、私は祖母を怒鳴りつけてしまった。

「何で言ってることがわからんと！じゃあいいよ、帰るたい。帰ればいいし、買い物だって行ってくるたい！その代わり、また地震が来ても私は知らん！助けにもいかん！」

そんなに言うならもう好きにさせようと思ったのだ。祖母は「会わんていうなら、それでも仕方なかたい」なんて返事をした。頭の中は火がついたように熱かった。同じ場所に避難していた人たちがこちらを見ている様子が視界の端に入った。こんな時に高齢者を怒鳴る私の姿がどんな風に映っているだろう。本当は怒鳴りたくないし、怒りを鎮めたい。けれど吹きこぼれる水のように感情が止まらなかった。そんな時、一人の男性が声をかけてきた。

「お茶があるので、中でゆっくり飲みませんか？」

　私たちが避難していた場所は小さな商業地で、広い駐車スペースを囲んでL字型に数件のお店が並んでいた。声をかけてくれたのはそのうちの一軒の店の店員だった。コントロール出来ない感情が沸々と湧いていて返事も出来ない私と、怒鳴られて不満げな祖母を、男性は「どうぞ」と柔らかく店内へ誘導してくれた。その店は介護用品のレンタルをしているらしく、中には車椅子を始め様々な介護用品の見本が揺れで右往左往しないように固定されていた。促されるままソファーに腰かけ祖母を見てみると、もう何も覚えていないといった顔で店内を見回していた。震災で不便な中、店員はお茶を湯飲みに移して差し出してくれた。お茶を口に含むと、自分の情けなさがこみ上げてなんだか居たたまれなかった。

「この状況だときついですよね」

　店員はやっぱり柔らかく話しかけてくれたけれど、何か言葉を出せば泣いてしまう気がして、必死にお茶ばかり飲んで上手く答えられなかったことを覚えている。ふと祖母を見ると同じようにソファーに腰かけ、湯飲みを手にして何食わぬ顔でお茶を啜っていた。

「すみません」

謝ることが精一杯の私に「大丈夫です、気にしないでください」と返すと、店員は私の代わりにしばらく祖母の話し相手になってくれた。私はお礼を告げて、また祖母の腕を引いて車に戻った。

その日の夜も車中泊だ。車内にこもり夜を迎える。二十一時を回った頃、運転席側の窓ガラスがコンコンと軽く叩かれた。そこには同じようにこの場所で車中泊をしている人がいた。

「飲みませんか?」

そういって紙コップに淹れたコーヒーを持ってきてくれた。ふと外を見ると、持ち出してきたのであろうキャンプ用品があった。

「うち、そこの補正屋なんです。トイレに行きたくなったら裏にあるので自由に使ってください。ただ、抵抗があるかもしれませんが水は流さないでください。朝になったらまとめて流しますから」

「ありがとうございます」

「でも和便なんでご高齢の方にはきついかもしれないですけど」

そんな会話をしていた時、新聞配達所の人が「うちは洋式だけん、夜間も事務所を開けておくから自由に使ってよかですよ。誰もおらんけん、用心してください」と言ってくれた。朝になると挨拶をし、余震が来ると声をかけてくれる。祖母の話し相手をしてくれたり、私の話し相手にもなってくれた。

四月終盤、祖母の様子を聞いた叔父が私や家族の身の安全の確保ができないだろうと、熊本空港が再開した最初の出発便のチケットを取った。そのチケットで祖母は神奈川へと避難した。神奈川に着いて、祖母は地震が来たこと、避難する為神奈川に来たことも理解出来ず、歩いて熊本の家に帰ろうと外出し、警察に保護された。そこでようやく認知症だとわかった。

その夏、熊本に戻って来た祖母はもう私のことはわからなかった。たった四か月でこんな状態になってしまうのかと衝撃だった。それから一年も経つと体を動かすこともしなくなった。段々寝たきりになり、両踵に床ずれが出来た。右側は無事完治したけれど、糖尿病があったことで左側は完治せず、結局脹脛の半ばから切断することになった。そうして令和になってしばらくして亡くなった。皮肉だけれど、認知症のおかげで祖母は自分の左足を切断したこともわからないまま穏やかに旅立った。

「何で言ってることがわからんと！じゃあいいよ、帰るたい。帰ればいいし、買い物だって行ってくるたい！その代わり、また地震が来ても私は知らん！助けにも行かん！」

祖母を怒鳴ったあの言葉は本心だ。祖母の状態を我儘だと思っていた。そのまま祖母がどこかに行っても、慣れた場所だし、気が済んだら戻って来るだろうと思っていた。

あの時、声をかけてくれる人がいなかったら祖母はどうなっていたのだろう。もし、私の言葉を受けてどこかに行ってしまっていたら祖母はどうなっていただろう。もし、もう二度と会うことが出来ない結末になってしまっていたら、私はどうしていただろう。

避難先で掛けてくれた声は私と祖母を未来へとつなげてくれた希望だった。

地震が少し落ち着いてくると、「お世話になりました」と声を掛け合い、各々自宅へ戻って行った。我が家は色々お世話になり過ぎたこともあって、後にお店や新聞配達所にお礼に伺ったが、「お互い様だけん」と笑顔で言ってくれた。

希望は様々な形で存在している。その中の一つが人だ。間違いなく、希望には人の形をしているものがある。思えば誰もが非常事態で困難な中、怒鳴っている見知らぬ人に声を掛けることはなかなかに勇気がいる行為だと思う。あの時、声を掛けてくれた人がいたことで何とか持ちこたえることが出来、こうして生きているのが私だ。一人じゃないという気持ちになれたことが、どれだけ心強かったことか。

先日、近所の年配男性が施設へ入所して行った。体が元気な方でよく外に出ていたので挨拶をし、「今日も暑いですね」「お出かけですか？」と家族で積極的に声を掛けるようにしていた。その男性もまた、地震後に認知症となっていた。介護をしていた奥さんが「色々お世話になりました」とわざわざ伝えに来てくれた。あの時の声のように、私の声も希望になったのだろうか。一人じゃないよ、と伝えてもらったように、私も誰かにそう伝える人間になっていただろうか。

地震だけでなく、台風や豪雨と様々な自然災害の起こる日本。けれどどんな時も周りにいる人が自分の、そして自分が誰かの希望になる。それがこの経験から学んだこと、そして私が伝えていきたいことである。

縁側に託す想い

長谷川　綾

　私の両親は、ベトナム人だ。ベトナム戦争が終結した数年後の一九八〇年代初頭、母は小型のヨットに弟と身を寄せて、あてもなく漂流していたという。いわゆるボートピープルだ。はっきりとした日付感覚が失われていく中、ようやく一隻の外国船によって救助された。その時にはすでに食料が底をつき、自身の伸びた爪をかじって空腹を耐え忍んでいたらしい。

　父は、別の漁船で日本にたどり着いた。やがて二人は難民の定住促進センターという所で出会い、後に男の子二人と女の子一人、そう私を授かったのだ。

　私の幼少期は、明るく希望に満ちたものでは決してなかった。両親はセンターを卒業したものの、たった数ケ月で日本語が流暢になるはずもなく、まずは言葉の壁にぶつかった。そのことによってもたらされる就職難、そして貧困。父がパチンコやお酒に溺れたのち、家族に手をあげるまでに時間はかからなかった。さらに一番上の兄の発達障害が発覚してからは、兄も家族に手をあげるようになり、私の人生の「どん底」は全て幼少期に味わったのではないかと思ったほどだ。

学校でもいじめの対象になり、家にいても安らぐことが出来ず、居場所がどこにもなかった私の唯一の楽しみは「妄想」だった。

当時住んでいた町営住宅には縁側（濡れ縁）があったため、どんな天気の日も私は縁側に腰を掛け妄想に耽った。

日本人に産まれてきたこと。

両親が仲良く、お金に困らない家庭であること。

兄が障害を患わず、兄弟仲が良いこと。

いじめられずに学校で堂々としていられること。

少し欲張って、人気者になり男の子から告白されること。

私は現実逃避をするかのように、来る日も来る日も明るい妄想で胸を弾ませていた。

やがて父と母は離婚した。私たち兄弟は母に引き取られたが、生活が一転することはなかった。

そしていつの日からか、自分の妄想をノートに書き綴るようになった。中学生になった頃、妄想の中の「私」は大人になっていた。

歌手を夢見て上京し、一躍大スターになるという夢物語だ。裕福な家庭に生まれ、お洒落で可愛くて、人気者の女の子。そんな主人公をもとに、私の妄想は膨らむばかりだった。

「お前、何書いてんの？気持ちわりー。」

急な大声を出したのは、当時私をいじめていた主犯格の男の子だった。ノートは瞬時に取り上げられ、次々にクラスメイトの手に渡り、笑い声や憐れむ声が教室中に響いた。

「これ、お前のこと？お前がこんな人生送れるわけないだろ。」

誰かがそう叫んだ。恥ずかしくて消えてしまいたい衝動にかられた私は、教室を飛び出し、自然と昇降口へと向かった。上履きから外靴に履き替えることもせず、学校を後にした。目的地もあてもないまま、ただひたすら歩き続けていた。

そのまま数キロ離れた隣町にたどり着いた。白昼堂々、体操服で上履きのまま県道を歩く姿は、周囲の目にどのように映っていたのだろう。そんなことを気にすることもなく、私はある一軒家の前で足を止めた。

平屋の木造家屋。道路に面した建物の中央には玄関があり、その左右には縁側が設けられていた。なんの躊躇もなく、私は玄関の横にある呼び鈴を鳴らした。

「はい？」中から出てきたのは母と同じくらい、もしくはそれ以上に歳を重ねてきたようにも思える白髪の女性だった。女性は怪訝そうな表情を浮かべ、私を見つめてきた。無理もない。知り合いでもない中学生が、こんな昼間に何のようだ、と誰でも思うはずだ。途端に頭が真っ白になり、私は咄嗟にこんな事を口にしていた。

「学校の家庭科の実習で、家のご飯を食べさせてもらって味を勉強する、ということをやっているんです。良かったらご飯を食べさせてもらえないでしょうか。」

もちろん嘘に決まっている。時代に関係なく、こんな見え透いた嘘が大人に通じるわけがない。たった一人で他人の家の呼び鈴を鳴らし、図々しく食事を頂こうなんて、常識外れを通り越し、度胸があるな、と当時の私を関心してしまうほどだ。

「ごめんなさい」。断られると思った私はそう言い、その場から離れようとしたが、女性は何かを考えたあと「どうぞ」と私を家の中に入れてくれたのだ。

八畳ほどの和室に案内された。大きなガラス戸には上下にスライドされた猫間障子が組み込まれており、ほどよく外気が当たっていた。部屋の真ん中には高さ五十センチほどの、丸い木のテーブルが置かれていたのを覚えている。

「こんなもので良いのかしら」。そう言ってお盆に載せた茶碗たちを、私の前に差し出してくれた。お味噌汁に温かいご飯、豚肉と茄子の炒めもの。食後にと、杏仁豆腐もつけてくれた。私は堪らず泣いてしまった。嗚咽を漏らしながら、声にならない声で呟いた。

「いただきます」。その後は黙々とご飯を頂いた。何一つ、お米一粒残すことなく、完食した。とてもとても、美味しかった。温かい味が口一杯に広がった。その様子を、女性は何も言わずにただ見守ってくれていたように思う。

「辛いんです」。茶碗が片付けられたテーブルを見つめながら、聞かれてもいないことを私は語り始めていた。自分の今までの境遇、兄や学校でのこと。泣きながら話していたため、うまく話をまとめることが出来なかった。そしてふと、我に返った。私は学校を抜け出し、他人の家で一体何をしているんだろう、と。同時に申し訳ない気持ちが込み上げてきた。

「ごめんなさい」。ここに来て二度目のごめんなさいだ。小さく呟く私の傍らで、女性は静かに頷いた。

「負けないで」。

気付くと、女性に両手を握られていた。強く、強く、握られていた。

それからすぐに、女性の自宅に警察が来て、私はあっけなく保護された。警察署で事情を聞かれ、夕方にはパトカーで送迎してもらい、自宅に戻っていた。こうして私の「プチ」脱走劇は、その日のうちに幕を閉じたのだ。

それ以降、両親の脱走劇はどれだけ悲惨なものだったのか、と考えるようになった。いつ荒波で船が転覆するか分からない、いつ助けてもらえるか分からない恐怖に怯えながら、空腹に耐える日々。私の経験した「プチ」脱走劇なんて比ではないな、と思えた。

そんな中でも人から貰った温かい優しさは、生きる希望へと変わるんだ、と改めて実感できた。この異国の地でも、両親に温かく優しい手を差し伸べてくれた人々が、きっといたのだろう。

あれから二十年もの月日が経った。私は帰化をし、日本国籍を取得した。結婚もし、一児の母となった。

あの女性には、あの脱走劇以来会っていない。見知らぬ中学生に食事を提供してくれた女性。たった数時間を共にした、名前すら分からない女性。だけど確実に私を救ってくれた女性。私が訪れる前から、彼女もあの濡れ縁に腰かけ、何かの想いに耽っていたのだろうか。

今現在もなお、世界各地で紛争が起きていて、両親が経験したように、戦地の人々は必死な思いで自国から逃れようとしている。

そうして生き抜いた先には、私のように難民二世が誕生する日が来る。私の子供は、難民三世となる。

いつか二世や三世の子供たちも、自分のアイデンティティに悩む時が来るのかもしれない。戦争の悲惨さを実際に目の当たりにした訳ではないけれど、きっとこの先、理不尽なことで涙を流す時が来るかもしれない。

そんな時は静かに「妄想」してみよう。

明るい未来、明るい人生、明るい自分。

「妄想」は「希望」に変わり「未来」に繋がるということを信じ続けよう。両親の生き抜いた証が自分であるという事に誇りを持とう。

未来の子供たちへ。そして今この瞬間も自国のため、家族のため、生き抜くために闘う全ての人たちへ。

「負けないで」。

私はというと、変化があった。まずはベトナム人である自分と、この国で育ってきた日本人である自分に誇りを持てるようになった。次に、幼少期のような妄想は一切しなくなった。残念ながら歌手にはなれなかったが、また縁側に腰かけ、明るい未来を見に行きたい。

終章　希望とは何か

希望とは何か

早稲田大学文学学術院教授　森山　卓郎

1 「希望」とは？

希望とは何だろう。まず「希望」という言葉について、国語辞典を見てみよう。恐縮だが、私が関わった国語辞典があるのでそれを取り上げてみたい。「希望」についてはこう書いてある。

① こうあってほしいと願い望むこと。また、その願い。
② 未来に対する明るい見通し。
（『旺文社標準国語辞典　第八版』森山卓郎監修・二〇二〇年。以下同じ）

まず、「希望」の語釈の「願い望む」ということを少し考えてみたい。実は「願う」と「望む」には少し違いがある。例えば「明日、いいお天気になることを願っています」

などと言うことはある。しかし、「明日、いいお天気になることを希望しています」とか「明日、いいお天気になることを望んでいます」とは実際にはあまり言わないような気がする。「天気」のほか、「神仏の御利益」「神のご加護」などは「願う」ものだが、「希望」するものでも「望む」ものでもない。ちなみに、前述の国語辞典では、「願う」について、次のように語釈をしている。

①　望みがかなうことを心の中で強く求める。

②　神仏に祈り頼む。

③　自分がしてほしいことを相手に頼む。（同）

この②の意味は「祈願」の「願」いであり、③の意味は「お願いする」のように「お～する」のような敬語を伴った形で使われることが多い用法である。

「望む」の方はと言えば、

①　そうなってほしいと願う、そうありたいと思う。希望する。

②　遠くからながめる。（同）

のような語釈となっている。どちらかと言えば、「願う」と「希望する」とは少し似ている。

ただし、「希望」の語釈には「こうあってほしいと」、「望む」の語釈には「そうなってほしいと」、というように微妙な違いがある。どうでもいいことのようだが、「希望」の方がより具体的なことを考えているという印象がある。実際、「望みは薄い」「〜は望むところだ」というように、少し抽象的に言うのなら「望む」がふさわしく、「希望は薄い」「〜は希望するところだ」のような言い方はあまりしない。逆に、「申請・入所・受診を希望する」のように、具体的なことならば「希望」の方がふさわしい。例えば入試要項には「受験を希望する者」のように書いてある。

2 「願望」と「希望」はどう違うのか

「願い望む」に関連して、「願望」という言葉もある。次に、「希望」と「願望」とはどう違うのかも考えてみたい。国語辞典では、「願望」の語釈は、

願い望むこと。願い。（同）

となっている。大きく見れば、「願い望む」こととして「希望」と「願望」は似ている。

しかし、先に「願う」「望む」などとも比べたように、「希望」の場合、「あるべき姿」といったものがその言葉の裏にあり、具体的である。さらに、「希望」の方には、②の意味として、「未来に対する明るい見通し」という意味も書かれている。確かに、「希望がある」とか「希望にあふれた新生活」のような用法もある。その点、「願望」の方にはそのような意味はない。むしろ用例などを見ると「願望」の方には、「変身願望、自殺願望、浮気願望」などちょっとよくわからない願望やマイナスの価値の願望がくることがある。「希望」はプラスのことに限られ、「変身希望、自殺希望、浮気希望」などと言わないのとは大違いだ。

このことと関わって、さらに、「願望」と「希望」の違いとして、実現可能性もある。例えば、「生まれ変わりたい願望」という言い回しはあり得る。そう願う思いさえあればいいのだ。しかし、「生まれ変わりたいという希望」というのは常識的に考えて少し変だ。「願望」ならば「子宮回帰願望」などという言葉があるが、「子宮回帰希望」などとは言わない。だから、例えば「宝くじで一〇億円当てて、働かずに一生贅沢に暮らしたいという願望」とは言えるかもしれないが、そんなことを「希望」することにはならない。「希望」はもう少し現実的なのである。

さらに、願いの「思い方」にも違いがありそうだ。「潜在的な願望」という言い方はできるが、「潜在的な希望」などという言葉はあまり自然ではなさそうだ。「願望」の中には無意識のものもあるかもしれないが、「希望」の方は基本的に理性的に「意識される」ものではないだろうか。「自分の中に、〜したいという願望があることに気が付いた」ということは言えるが、「自分の中に、〜したいという希望があることに気づいた」などとは言わないように思う。

というわけで、「希望」という言葉の意味がだいぶ明らかになってきた。「希望」は、「願望」と違い、「こうあってほしい」というように、ある程度現実性のある「望ましいこと」への思いである。「希望することでかなえられる未来」への思いだとも言える。その思いも本人が理性的に認識できるものである。

そして、「希望」には、「希望を持つ」「希望に満ちた〜」のような言い方もあって、「期待がもてる」「いい方向に進んでいきそうだと考える」「いいことが待っていると思う」といった思いのことでもある。「希望」という言葉には明るい未来というニュアンスが含まれている。

ついでに「野望」などの言葉もある。「野望」は「分不相応な大きな望み」（同）である。逆に「希望」には「分不相応」という意味はないということにも留意しておきたい。

3　「希望」という字に隠されたものとは

さらに文字からも考えてみよう。「希望」というのは漢語である。それぞれの漢字には何らかの意味がある。「希望」の「希」は「望む」という意味でも使われるが、「希少価値」や「希薄」の「希」でもある。のぎへんをつけた「稀」という字もある。「望」については、「遠望」のように「遠くを見る」という意味のほか、「待望」のように「待ち望む」という意味がある。

漢字の意味の解釈には諸説あってなかなか議論が難しい。しかし、「希」「望」という字が、「のぞむ」という意味を持つことの背後には、「希少なこと」を「のぞむ」とか、「遠くの方を願い、望む」などといったニュアンスがあるように考えられる。

逆に言えば、放っておいてもかなうようなたやすいことは「希望」ではない。子どもが早く大人になりたいと思っても「大人になることを希望」するとは言えない。どうしようか、どうなろうかを現実的なこととして考えて選び、選ばなければかなわないことを願うのが「希望する」ことなのではないか。

4　入選作から学ぶこと

「希望」は明るい、ありがたい言葉だということを念頭において、三位までの入選作から具体的に「希望」の大切さを考えていこう。

一席の長谷川綾さんの「縁側に託す想い」は、家庭の苦しさから逃れて縁側で夢想していたところから文章が出発する。縁側という空間は内でも外でもない。ベトナム戦争の犠牲者としてボートで命からがら来日されたというご両親。それゆえの様々な苦しみもあった。そんな子どものころの長谷川さんにとって「内」そして「現実」は居づらいところでもあった。夢想的な「願望」が長谷川さんにとっての救いだったのだろう。

あるとき、「夢想」を書いたノートが意地悪い級友の見るところとなり、みんなからからかわれるという耐えがたいことが起こる。彼女はクラスから「脱走」した。その彼女を受け止めてくれたのは、やはり縁側のあるお家の女性であった。その方は、見ず知らずの中学生に対し、心づくしの食事をふるまい、「辛いんです」と泣きながら思いをうちあける長谷川さんの両手をにぎって「負けないで」と励まされた。その手はどれだけ温かかっただろう。どれだけ力強かっただろう。長谷川さんは「人から貰った温かい優しさは、生きる希望へと変わるんだと改めて実感できた」と書いていらっしゃる。数時間の出会いであってもそれが人に希望を与え、生きる力を与えた。心の温かさが「希望」を産み、そして、その「希望」がやがて未来を作っていったのだ。長谷川さんは両親の脱出劇に思いを馳せ、アイデンティティということに向き合うことで、「自分に誇りを持てるようにもなった」と書いていらっしゃる。「しっかりとした自分」があってこそ、そこに「希望」が輝きだす。最後に長谷川さんは「また縁側に腰掛け、明るい未来を見に行きたい。」と文章を結んでいらっしゃる。今の「縁側」は子どものころの辛かったときの「縁側」とは違っている。縁側とは外に開かれた空間でもある。長谷川さんだからこそ考えられること、受け止めてあげられることもあるだろう。いろいろな出会いの中で、希望の種を今度は長谷川さんが蒔いてくださるのではないか。

二席の鄧朝陽さんの「モウチョットマテバ」も「希望」の大切さをかみしめながら読ませていただいた。四川省の大地震。幼稚園も倒壊してがれきの山となってしまった。そのような中で必死の思いで子どもを探す家族。もうあきらめかけたときのおばあさんの声。それが「もうちょっと待てば?きっとどこかに希望があるはずよ」という言葉であった。そのおばあさんは、前夜に孫の遺体が発見されたのだという。可愛い孫の突然の死。どれだけ辛い思いであったろう。いかに深い悲しみの中にいらっしゃったのであろう。しかし、そのような中で、ほかの子やその子の家族のことを思いやるおばあさん。そこで発せられた「希望がある」という言葉が持つ力に改めてはっとする。そして、なんと、三日後に奇跡的に鄧さんの幼い弟さんはがれきから無事救出された。確かに「希望」はそこにあったのだ。

「希望」は「絶望」の反対語である。「少ない」かもしれないが、「望み」は絶たれていない。一筋でも光があれば、人の思いは大きく変わってくる。だからこそ、希望は、「あきらめない」力にもなる。「あきらめない」力は、やがて、実際の現実を、そして、未来を、良い方向へと変えていく。

この文章には、「希望」を持つことの大切さ、そして、災害の中でも人を思いやることの温かさが描かれている。「希望」は「人に、生きる力を与える」ものとなっている。突然の大地震、想定を遥かに超える雨や風など、様々な災害が突然私たちの日常生活を襲う。私たちのささやかな「普通」や「日常」は、あっという間にあっけなく破壊されてしまう。当然のことながら、ともすれば私たちの「希望」は打ち砕かれそうになる。そのようなときに、このおばあさんの言葉を思い出したい。

本田美徳さんの「二本の氷柱に見た希望」の文章にも震災のことが書かれている。本田さんは警察官だった。阪神淡路大震災に出動したとき目の当たりにされた老夫婦のエピソードは胸を打つ。老夫婦は手を取り合って亡くなっていた。そして、ご主人の左手は少しでも奥様が息ができるよう奥様の後頭部に当てられていたという。このご夫婦を納棺するとき、上司の方は、再びそのご夫婦の手を握らせたのだった。「柩に納棺したら掌は握られへんからな」――なんという温かさ、思いやりだろうか。この上司の方は涙を流し続ける当時の本田さんに「警察官に私情は禁物や。けどな、涙を流せる感覚を持てる仕事はなかなかないぞ」とおっしゃった。

絶望しかないような現場も経験してこられた警察官にとって、「涙を流せる感覚」は、重要な任務遂行とはまた違う意味で、人間としての温かさであり、その人間としての温かい心は究極的には絶望に立ち向かう希望のともし火ともなっていく。本田さんはこのことを「希望という名のリレーバトンとして」部下にも伝えていったと記されている。そして、東日本大震災にあたっての気仙沼での遺族支援で、そのバトンは若い隊員たちにも確実に受け継がれていったのであった。阪神淡路大震災の遺体安置所の氷柱、定年間際に訪れられた東北の満天の星空の前の氷柱。まっすぐで澄んだ美しさの氷柱の描写は印象的である。

以下は三席のみなさんである。金川久代さんは、高校進学直前に家庭の経済的な理由で理不尽にも進路変更を余儀なくされ、島にあるハンセン病療養所附属の看護学校に進学された。あるとき、島の高校で明るくバレーボールをしていた高校生たちと一緒に応援する。しかし、その高校生たちは理不尽にもここに収容された人たちなのであった。金川さんはやがて卒業してさらに学びを進められていく。納骨堂のことなど胸が締め付けられる。ハンセン病についてはようやく国の過ちが認められるようになった。絶望と希望、そして努力ということについて考えさせられる文章である。

　板垣嘉彦さんはお母さんの介護のことを書いていらっしゃる。突然降りかかってくる介護。介護は出口のないトンネルにも喩えられる。認知症の場合は、感情的反発も起こりやすい。しかし、ひさしぶりに訪ねてきた娘さんがお母さん（おばあちゃん）とあるがままに接する姿を見て、板垣さんの中で変化が起こる。あるがままに受け入れることの大切さ。板垣さんからお母さんへの「わらってくれてありがとう」という言葉が印象的だ。「あるがままを受け入れる」という姿に、介護における一つの希望が見いだせる。

　松井千穂さんは、ベビーカーと共に心細く雨宿りしている松井さんにわざわざ家からビニル傘をもってきてくれた女性のこと、そして、その言動が、松井さんの人生の一つの転換点となったことを書いておられる。「雨が降るたびに息子が買ってきて、家にビニル傘がいっぱいあるの、ね、一本貰って。」――なんという自然な、しかし、温かい気遣いだろう。冷たい雨が降る日の温かい心配りは「何者かにならなければ」と「気負って」いた松井さんの心をも解きほぐした。「普通の大人になろう」「世界をきちんと見渡し、信念をもって行動し、相手に気を遣わせない」素敵な大人になること。人の温かさが人を見る目を変え、生きる方向付けを見直すきっかけにもなっていく。人の温かさによって灯された「希望」は未来を変えていくのだ。

朝倉実唯菜さんは摂食障害の経験を綴っていらっしゃる。優等生だった過去と中学受験の失敗。「どうしてもありのままの自分で進んでいこうという気持ちにはなれなかった」と書かれている。つらかったはずだ。しかし、栄養によって生かされていることへの気づきや、「こうあるべき」という考え方からの脱却、そしてボランティア活動への出会いで、朝倉さんは乗り越えていく。未来は静かに美しく輝いている。栄養学の道へ進んだ朝倉さんは、自分の経験を生かして希望に満ちて一歩一歩歩んでいく。

紀伊保さんのお母さんへの思いがあふれる文章も印象的だ。五人の子どもを育てあげ、身を粉にして働き、姑を献身的に看取り、お父さんの闘病にも立ち向かい、在宅介護をしてしっかり見送ってあげた、そんなお母さん。しかし、今度はそのお母さんが癌になられる。ストーマ（人工肛門）に名前までつける明るいお母さんは、再発した癌も見事に克服された。希望を見つめながら「愛と感謝」の日々を送られるお母さんの姿に読者は力づけられる。

大倉麻衣子さんは、小さい頃から「前を向いてきた」というところから文章を始められる。言われた通り前を向いて、素直に生きてきた人生。しかし、降りかかってきたのは、自分が、上司のセクハラに遭って、周囲が助けてくれない、という経験だった。そのとき手をさしのべてくれたのは、これまで女子社員たちが「怖くて苦手」としていたある女子社員だった。彼女は本当に大切なこととは何かを考えさせてくれる人だった。本当に見なければならない「前」は何か、何が大切なのか、を考えさせる。しっかり本当の「前」を見ることは、未来への「希望」ともなっていく。

こうして作品を読むと、「希望」は生きる力を与えるものだということがよくわかる。また、自分一人だけのものではないということにも改めて気づかされる。「希望」は人に与えることができるものでもある。「見守っているよ」「応援しているよ」だけでもいい。明るい希望のともし火をみんなで大切にしていきたい。「希望」を胸に、頑張れることは頑張っていきたい。

5　どんなに小さな「希望」でも

最後に私自身のこと、私の母のことも少しだけ書かせていただこう。九十歳になる私の母はパーキンソン病を患っている。自分もしっかり仕事をしながら息子達三人を育てた母は、いつも朗らかで友達が多く、おいしいものや旅行が大好きで、趣味もあって、それなりに活動的であった。父が七十歳を前に病に倒れたので夫婦での退職後の楽しい時間はそう長くはなかったのだが、一人になってからでも、ほんの数年前までは、自分で生活していた。週に二泊我が家に、一泊弟の家に泊まって、それぞれの生活を楽しみながら食事の用意などしてくれたりもしていた。

コロナ禍のころはまだ自立して生活できていたのだが、ある寒い日、床に倒れて起き上がれないという事件を起こしてしまった。盲腸も起こして入院。退院してからは本格的に母を呼び寄せた。骨折は時と共に癒えていったが、病気の方は「順調」に進んでいった。昼ごろの太陽は五分経ってもほとんど気づかない変化しかない。が、夕暮れの五分は違う。夕暮れの太陽は刻々と位置を変え、光を変える。そして、一度暗くなった夕暮れは、もはや明るくなることはない。人の夕暮れも同じだ。

今まで使っていた眺めのよい二階の部屋もすぐに行けなくなり、こういうときのためにと用意していた一階の部屋に移った。要介護認定を受け、ヘルパーさんやデイサービスのお世話にもなった。一緒に絵を習いに連れて行ったりもしたが、描く絵は変わっていった。時折、車いすを自動車に積んで温泉に連れ出したりもしていたが、やがて移動がしんどくなり温泉旅行にも行けなくなった。庭の土いじりをしようとして、そのまま顔から転倒するようなこともあった。散歩の距離も次第に短くなっていった。夕陽の中、母を支える私の足と母の足、そして杖という、五本の長く長く伸びたまっすぐな影の線を最後に見ていたのはいつだったろう。室内でも転倒しやすくなり、やがて救急車のお世話になって再び入院するようなことも起きた。

今、母は介護付きの施設でお世話になっている。反対されたが、入所の日は病院からいったん自宅に戻り、大好きな無花果とメロンで退院のお祝いをしてから送り出した。車いすから歩行器にまでいったんは回復した。しかし、またやがて車いすとなった。昔の事故による視力低下の関係で、本も読めなくなっていった。そんなある日、母は娘（孫）の結婚式で、花嫁入場の時に手を引きたいと「希望」した。本来は花嫁の父の役だとは思ったが、私はその役を母に譲った。母はリハビリを頑張った。施設の皆様に励ましていただき、手すりを持ちながら一生懸命歩く練習をしていたそうだ。当日、どっちが手を引いて貰っているのかわからなかったが、顔をくしゃくしゃにしたうれしそうな母の顔と娘の顔があった。歩いたのは五歩ほど。ささやかだが、母の希望は実現した。

できないことが増えるのはしかたがない。しかし、ささやかながらできることもある。話を聞くと、入院中は病室で合唱したこともあったという。ヘルパーさんと話し込んで励まし合っている姿も見た。仲間うちの小さな作品展になんとか出品したりもした。声を出す練習もしている。その折々で、少しでもできることがあればよい。できることが増えることもないわけではない。もう声も出なくなった、食べ物も入らないというような状態になってしまったこともあったが、その後持ち直して、先日は話ができた。

老齢で、もはや未来へ羽ばたくなどということはない。しかし、ただ生きてくれているること、それだけでも、家族にとっては有り難い。母の命の火が燃え続けてくれていること。それだけで、私たちには力になる。明日も笑顔を見せてくれると思えること。それだけでも立派な「希望」なのだ。どんなに小さな希望でも、希望には未来を照らす光がある。感謝しながら、その光を、大切にしていきたい。

入賞論文執筆者一覧

〈掲載順〉

田中恭子	（たなか　きょうこ）	63歳	千葉県	一歩踏み出すと世界は変わる
土居清美	（どい　きよみ）	64歳	大阪府	ひたむき
下田伸一	（しもだ　しんいち）	48歳	北海道	川の上から今日も思う
紀伊　保	（きい　たもつ）	58歳	愛知県	ストーマにも愛をこめて
本田美徳	（ほんだ　よしのり）	61歳	大阪府	二本の氷柱に見た希望
金川久代	（かながわ　ひさよ）	79歳	福岡県	新たな自分との出会い
大倉麻衣子	（おおくら　まいこ）	37歳	静岡県	前を向いて
森　竣祐	（もり　しゅんすけ）	29歳	埼玉県	私の形を変えた半導体
川田美穂子	（かわだ　みほこ）	77歳	東京都	人生を面白く生きる秘訣
西川直毅	（にしかわ　なおき）	32歳	兵庫県	一杯の珈琲から♪

李　孰是而（り　しゅくせに）　27歳　福井県　一三歳という転機
板垣嘉彦（いたがき　よしひこ）　68歳　新潟県　いつか隣人の役に立てるなら
朝倉実唯菜（あさくら　みいな）　19歳　長野県　食べる喜び、「希望」への扉
森　千恵子（もり　ちえこ）　76歳　福岡県　温かい手に導かれて
松井千穂（まつい　ちほ）　44歳　滋賀県　心の雨にビニル傘
福井正人（ふくい　まさと）　59歳　茨城県　『希望』の灯
鄧　朝陽（と　ちょうよう）　26歳　宮城県　モウチョットマテバ
澤村映葉（さわむら　あきよ）　37歳　熊本県　一人じゃないよ
長谷川　綾（はせがわ　あや）　36歳　茨城県　縁側に託す想い

あとがき

「希望」という言葉。それは、小学校の書き初めや、卒業文集など、遠い日の懐かしい思い出と共に、いつのまにかどこかにそうっと仕舞い込んでいた気がします。人生を重ねていくにつれ、「希望」を語る裏側には、悲しみや絶望を抱えている人がたくさんいることを知り、キラキラした響きとは裏腹に、少し胸が苦しくなるからかもしれません。

二〇二四年は元旦の能登半島地震に始まり、世界各国で起こる自然災害、罪のない市民を巻き込んだ戦争や紛争など、辛いニュースが続いています。そのような中、フランス・パリで開催されたオリンピック、パラリンピックでは、この試合に全霊を掛けて臨んだ選手たちの雄姿に胸を熱くした方も多かったのではないでしょうか。見事、メダルを手にして帰国した選手、あるいは期待を背負って試合に臨んだものの、最高のパフォーマンスを出し切れなかった選手。そのどちらにも心から拍手を送り、労いたい気持ちでいっぱいです。

選手たちは、毎回最高の結果を残せるわけではありませんし、期待が大きければ大きいほど、上手くいかなかったときには心無い言葉に苦しめられ、打ちひしがれることも多いでしょう。それでも辛い経験の中から、自身の課題や今後について自分の言葉で語り、前を向いて歩き出そうとする姿に、私たちはさらに勇気づけられました。

今年度の論文課題は「希望―未来に活かす私の経験―」です。中学生から九〇歳代の方まで、三五九編もの論文を通じ、希望を見出す達人によるヒントが寄せられました。勇気をもって自身の経験を語り、私たちに気づきと感動をくださった皆さまに御礼申しあげます。

なお、論文の選考にあたりましては、左記の方々に審査をお願いいたしました。ご協力に心から感謝申しあげます。

（敬称略　五十音順）

小笠原英司（明治大学名誉教授）
小松　章（一橋大学名誉教授）
多賀　幹子（フリージャーナリスト）

耳塚　寛明（お茶の水女子大学名誉教授）
森山　卓郎（早稲田大学文学学術院教授）
油布佐和子（早稲田大学教育総合科学学術院教授）

最後に、豊富な経験に基づいて本書の文柱ともいうべき序章・終章を執筆された小松章先生、森山卓郎先生に、重ねて御礼を申しあげます。
また、財団の事業活動に平素から深い理解を示され、本書の出版にあたってその労をとってくださった株式会社ぎょうせいの方々に対し謝意を表します。

令和六年十月

公益財団法人 北野生涯教育振興会
理事長 **北野重子**

公益財団法人　北野生涯教育振興会　概要

設立の趣旨

昭和五十年六月、スタンレー電気株式会社の創業者北野隆春の私財提供により、生涯教育の振興を図る目的で文部省（現文部科学省）の認可を得て発足し、平成二十二年十二月に公益財団法人として認定されました。

当財団は、学びたいという心を持っている方々がいつでも・どこでも・だれでも学べる体制をつくるために、時代が求める諸事業を展開して、より豊かな生きがいづくりのお役に立つことをめざしています。

既刊図書

○「私の生涯教育実践シリーズ」

『人生にリハーサルはない』（昭和55年　産業能率大学出版部）
『私の生きがい』（昭和56年　知道出版）
『四十では遅すぎる』（昭和57年　知道出版）
『祖父母が語る孫教育』（昭和58年　ぎょうせい）
『笑いある居間から築こう　親子の絆』（昭和59年　ぎょうせい）
『人生の転機に考える』（昭和60年　ぎょうせい）
『こうすればよかった――経験から学ぶ人生の心得』（昭和61年　ぎょうせい）
『永遠の若さを求めて』（昭和62年　ぎょうせい）

『人生を易《か》えた友情』（昭和63年　ぎょうせい）
『旅は学習――千里の知見、万巻の書』（平成元年　ぎょうせい）
『おもいやり――沈黙の愛』（平成2年　ぎょうせい）
『豊かな個性――男らしさ・女らしさ・人間らしさ』（平成3年　ぎょうせい）
『心と健康――メンタルヘルスの処方箋』（平成4年　ぎょうせい）
『心の遺産――親から学び、子に教える』（平成5年　ぎょうせい）
『ともに生きる――自己実現のアクセル』（平成6年　ぎょうせい）
『育自学のすすめ――汝自身を知れ』（平成7年　ぎょうせい）
『日本人に欠けるもの――五常の道』（平成8年　ぎょうせい）
『豊かさの虚と実』（平成9年　ぎょうせい）
『わが家の教え』（平成10年　ぎょうせい）
『日本人の品性』（平成11年　ぎょうせい）
『21世紀に語る夢』（平成12年　ぎょうせい）
『私が癒されたとき』（平成13年　ぎょうせい）
『出会いはドラマ』（平成14年　ぎょうせい）
『道――歩き方、人さまざま』（平成15年　ぎょうせい）
『光――照らす、心・人生・時代』（平成16年　ぎょうせい）
『夢――実現した原動力』（平成17年　ぎょうせい）
『志――社会への思いやり』（平成18年　ぎょうせい）
『心の絆――命を紡ぐ』（平成19年　ぎょうせい）
『家庭は「心の庭」』（平成20年　ぎょうせい）
『家訓――我が家のマニフェスト』（平成21年　ぎょうせい）

『食満腹　心空腹――わが家の食卓では…』（平成22年　ぎょうせい）
『私の望む日本――行動する私』（平成23年　ぎょうせい）
『日本が〝生き抜く力〟――今、私ができること』（平成24年　ぎょうせい）
『言葉は人格の表現――心あたたまる言葉・傷つける言葉』（平成25年　ぎょうせい）
『私の東京オリンピック――過去から学び、未来へ夢を』（平成26年　ぎょうせい）
『私の生涯学習――生きることは学ぶこと』（平成27年　ぎょうせい）
『私の先生――誰からも、何からも学べる』（平成28年　ぎょうせい）
『変化に挑む――見えてくる新しい世界』（平成29年　ぎょうせい）
『私の平成』（平成30年　ぎょうせい）
『私の道草』（令和元年　ぎょうせい）
『すぐそばにある「世界」』（令和2年　ぎょうせい）
『コロナ禍から学ぶ』（令和3年　ぎょうせい）
『迷ったときの決断』（令和4年　ぎょうせい）
『趣味　広げる世界・広がる世界』（令和5年　ぎょうせい）
○『生涯教育図書一〇一選』（昭和61年　ぎょうせい）
○『生涯教育関係文献目録』（昭和61年　財団法人北野生涯教育振興会）
○『社会人のための大学・短大聴講生ガイド』（昭和63年　ぎょうせい）
○『大学院・大学・短大・社会人入試ガイド』（平成3年　ぎょうせい）
○『新・生涯教育図書一〇一選』（平成4年　ぎょうせい）

所在地　〒一五三―〇〇五三　東京都目黒区五本木一丁目一二番一六号
電　話　（〇三）三七一一―一一一一　**ＦＡＸ**　（〇三）三七一一―一七七五

【監修者・編者紹介】

公益財団法人 北野生涯教育振興会

1975年６月、スタンレー電気株式会社の創業者北野隆春の私財提供により、文部省（現文部科学省）の認可を得て我が国で最初に生涯教育と名のついた財団法人を設立。2010年12月公益財団法人に認定。毎年、生涯教育に関係のある身近な関心事を課題にとりあげ、論文・エッセー募集を行い、入賞作品集を「私の生涯教育実践シリーズ」として刊行している。本書はシリーズ45冊目となる。（※財団概要は本書216〜218頁でも紹介）

小松　　章（こまつ　あきら）

長野県生まれ。現在　一橋大学名誉教授、武蔵野大学客員教授、経営学関係の著書多数。他に月野一匠筆名で『今を生きる仏教―観音様の108話』（パレードブックス）などの著書。

森山　卓郎（もりやま　たくろう）

大阪大学大学院文学研究科博士後期課程修了。学術博士。早稲田大学文学学術院教授、京都教育大学名誉教授。国語教科書編集委員。著書に『表現を味わうための日本語文法』（岩波書店）他。

私の生涯教育実践シリーズ '24

希望―未来に活かす私の経験―

2024年11月10日　初版発行

監修者　**公益財団法人 北野生涯教育振興会**
編　者　**小松　　章**
　　　　森山　卓郎
印　刷　株式会社 **ぎょうせい**
〒136-8575　東京都江東区新木場１-18-11
URL：https://gyosei.jp
フリーコール　0120-953-431　出版事業第３課

〈検印省略〉　ぎょうせい　お問い合わせ　検索　https://gyosei.jp/inquiry/

印刷／ぎょうせいデジタル株式会社
乱丁・落丁本はお取り替えいたします。

ISBN978-4-324-80148-2（5598707-00-000）〔略号：希望私の経験〕